Isaac Bashevis Singer
Der Geschichtenerzähler

Band 2 der Reihe RTB Bibliothek,
herausgegeben von Uwe-Michael Gutzschhahn

Isaac Bashevis Singer, 1904 in Polen geboren, wuchs in Warschau auf. Mit 22 Jahren begann er zu schreiben. 1935 wanderte er in die Vereinigten Staaten aus. Heute lebt er in New York. 1978 wurde er für sein Gesamtwerk mit dem Nobelpreis ausgezeichnet, der bedeutendsten literarischen Auszeichnung in der Welt. Sein umfängliches erzählerisches Werk (Romane und Geschichtensammlungen) wurde in alle Weltsprachen übersetzt, so auch der größte Teil seiner Kindergeschichten, ins Deutsche u. a. in dem Band »Massel & Schlamassel« (1988), aus dem sämtliche der hier abgedruckten Erzählungen entnommen sind.

Isaac Bashevis Singer

Der Geschichten-erzähler

Acht Erzählungen

aus dem Amerikanischen
übersetzt von
Irene Rumler und Rolf Inhauser
Mit Zeichnungen
von Matthias Berthold

Otto Maier Ravensburg

Lizenzausgabe
als Ravensburger Taschenbuch Band 1982,
erschienen 1991

Die vorliegende Textfassung folgt der Ausgabe
Isaac Bashevis Singer, »Massel & Schlamassel«

Die amerikanische Originalversion dieser Ausgabe
erschien unter dem Titel
Isaac Bashevis Singer, »Stories for Children«

Umschlagkonzeption und -schrift:
Rotraut Susanne Berner
Umschlagzeichnung: Matthias Berthold

Gesamtherstellung: Ebner Ulm
Printed in Germany

5 4 3 2 1 95 94 93 92 91

ISBN 3-473-51982-0

Inhalt

Eine Geschichte am Anfang, die vom Geschichtenerzählen erzählt

Naftali, der Geschichtenerzähler, und sein Pferd Sus

I

Selig, der Vater, und Breine, die Mutter, jammerten oft darüber, daß ihr Sohn Naftali so versessen auf Geschichten war. Er konnte einfach nicht einschlafen, ohne daß ihm seine Mutter eine Geschichte erzählte. Manchmal mußte sie ihm sogar zwei oder drei Geschichten erzählen, bevor er endlich die Augen schloß.

Zum Glück kannte Breine viele Geschichten von ihrer Mutter und ihrer Großmutter. Und auch Selig, der Kutscher war, wußte viel zu erzählen – von Geistern, die sich als Fahrgäste ausgaben, und Kobolden, die sich nachts in Ställe schlichen und den Pferden Schnüre in die Schwänze und verfilztes Hexenhaar in die Mähnen flochten. Die aufregendste Geschichte aber hatte Selig erlebt, als er noch ein junger Kutscher war.

Eines Nachts im Sommer fuhr Selig mit einem leeren Wagen von Lublin in seine Heimatstadt Janow zurück. Er fuhr eine Straße entlang, die durch einen Wald führte. Über ihm stand ein voller Mond, der silbrige Fäden über die Zweige der Tannen warf und Girlanden auf die Rinde der Baumstämme zeichnete. Nachtvögel schrien. Von Zeit zu Zeit hörte man einen Wolf heulen. Damals waren die polnischen Wälder noch von Bären, Wölfen, Füchsen, Mardern und vielen anderen wilden Tieren bevölkert. In dieser Nacht war Selig sehr verzagt. Denn wenn sein Wagen leer war, war auch seine Börse leer, und es würde nicht mehr dafür reichen, daß Breine Vorbereitungen für den Sabbat treffen konnte.

Plötzlich sah Selig auf der Straße einen Sack liegen, der voller Mehl oder Zucker zu sein schien. Selig brachte sein Pferd zum Stehen und stieg ab, um ihn in Augenschein zu nehmen. Einen Sack Mehl oder Zucker könnten sie gut gebrauchen.

Selig schnürte den Sack auf, steckte einen Finger hinein, leckte daran und kam zu dem Ergebnis, daß es Zucker war. Er hob den Sack hoch, doch er war ungewöhnlich schwer. Selig war daran gewöhnt, das Gepäck seiner Fahrgäste zu schleppen, und darum wunderte er sich, daß ihm ein Sack Zucker so schwer vorkam.

»Ich habe wohl nicht genug gegessen«, dachte Selig. »Und wenn man nicht genug ißt, lassen die Kräfte nach.« Er lud den Sack auf seinen Wagen. Er war so schwer, daß er es nur mit größter Mühe schaffte.

Er setzte sich auf den Kutschbock und straffte

die Zügel, aber das Pferd rührte sich nicht von der Stelle.

Selig zog kräftiger und schrie »Wyszta!«, was auf polnisch so viel bedeutet wie »vorwärts!«.

Doch obwohl das Pferd mit aller Kraft zog, wollte sich der Wagen einfach nicht bewegen.

»Was mag da nur los sein?« überlegte Selig. »Kann denn der Sack so schwer sein, daß das Pferd ihn nicht ziehen kann!«

Aber das war unsinnig, denn das Pferd hatte oft eine ganze Wagenladung voller Fahrgäste samt ihrem Gepäck gezogen. »Irgend etwas stimmt hier nicht«, sagte sich Selig. Wieder stieg er ab, schnürte den Sack auf und probierte noch einmal. Gott im Himmel, der Sack war ja voller Salz, nicht Zucker! Selig stand da wie vor den Kopf geschlagen. Wie konnte er sich nur so geirrt haben? Er probierte wieder und dann noch einmal, und es war Salz.

»Na, das ist vielleicht eine Nacht!« murmelte Selig vor sich hin.

Er beschloß, den Sack vom Wagen zu zerren, da er überzeugt war, daß boshafte Geister ihren Schabernack mit ihm trieben. Aber inzwischen war der Sack so schwer geworden, als sei er mit Blei gefüllt. Das Pferd wandte seinen Kopf nach hinten, als sei es neugierig, was sich da abspielte.

Plötzlich schallte höhnisches Gelächter aus dem Sack. Und gleich darauf fiel der Sack in sich zusammen, und heraus sprang ein Wesen mit den Augen eines Kalbes, den Hörnern eines Geißbocks und den Flügeln einer Fledermaus. Es sagte mit einer menschlichen Stimme: »Was du geschmeckt hast, war nicht Zucker oder Salz, sondern ein Koboldschwanz.« Und mit diesen Worten brach der Kobold in wildes Gelächter aus und flog davon.

Schon Dutzende Male hatte Selig, der Kutscher, Naftali diese Geschichte erzählt, aber Naftali wollte sie immer wieder hören. Er konnte sich alles genau vorstellen – den Wald, die Nacht, den silbrigen Mond, die neugierigen Pferdeaugen, den Kobold. Naftali stellte alle möglichen Fragen: Hatte der Kobold einen Bart? Hatte er Beine? Wie sah sein Schwanz aus? Wohin ist er geflogen?

Selig konnte nicht alle diese Fragen beantworten. Damals war er zu erschrocken gewesen, um auf Einzelheiten zu achten. Aber auf die letzte Frage antwortete Selig: »Wahrscheinlich ist er in das Land jenseits der Dunkelheit geflogen, wohin kein Mensch gelangt und wohin sich kein Tier verirrt, wo der Himmel kupfern ist und die Erde aus Eisen, und wo die bösen Mächte unter den Schirmen versteinerter Blätterpilze und in verlassenen Maulwurfsgängen hausen.«

II

Wie alle Kinder in der Stadt stand Naftali früh auf und ging in den Cheder. Er lernte eifriger als die anderen. Warum? Weil Naftali begierig war, lesen zu lernen. Er hatte gesehen, wie ältere Jungen Geschichtenbücher lasen, und hatte sie darum beneidet. Wie glücklich war doch einer, der eine Geschichte aus einem Buch lesen konnte!

Mit sechs Jahren konnte Naftali bereits Jiddisch lesen, und von da an las er jedes Geschichtenbuch, das er in die Finger bekam.

Zweimal im Jahr kam ein Bücherhändler namens Reb Zebulun nach Janow, und unter den Büchern, die er in seinem Sack über der Schulter trug, waren immer einige Geschichtenbücher. Sie kosteten zwei Groschen das Stück, und obwohl Naftali von seinem Vater nur wenig Taschengeld bekam, hatte er genug gespart, um sich jedesmal ein paar Geschichtenbücher zu kaufen. Außerdem las er die Geschichten im jiddischen Pentateuch seiner Mutter und in ihren Erbauungsbüchern. Als Naftali älter wurde, begann sein Vater, ihm den Umgang mit Pferden beizubringen. Zu dieser Zeit war es Brauch, daß ein Sohn in die Fußstapfen seines Vaters trat. Naftali mochte Pferde sehr gern, aber er war durchaus nicht versessen darauf, ein Kutscher zu werden, der Leute von Janow nach Lublin und von Lublin nach Janow fuhr. Er wollte ein Bücherhändler werden, mit einem Sack voller Geschichtenbücher.

Seine Mutter sagte zu ihm: »Was ist schon Gutes daran, ein Bücherhändler zu sein? Du mußt tagaus tagein deinen schweren Sack schleppen und bekommst einen krummen Rücken, und vom vielen Gehen schwellen dir die Beine an.«

Naftali wußte, daß seine Mutter recht hatte,

und er dachte darüber nach, was er anfangen sollte, wenn er groß war. Und plötzlich hatte er eine Idee, die ihm vernünftig und einfach zugleich erschien. Er würde sich ein Pferd und einen Wagen anschaffen, und anstatt die Bücher auf seinem Rücken zu tragen, würde er sie im Wagen transportieren.

Sein Vater sagte: »Ein Bücherhändler verdient nicht genug, um sich und seine Familie und dann auch noch ein Pferd zu ernähren.«

»Für mich wird es schon reichen.«

Als Reb Zubulun, der Bücherhändler, wieder einmal in die Stadt kam, unterhielt sich Naftali mit ihm. Er fragte ihn, woher er die Geschichtenbücher bekam und wer sie schrieb. So erfuhr er, daß es in Lublin einen Drucker gab, der diese Bücher druckte, und in Warschau und Wilna Schriftsteller, die sie schrieben. Reb Zebulun meinte, daß er weit mehr Geschichtenbücher verkaufen könnte, aber er hätte nicht die Kraft, noch mehr Städte und Dörfer aufzusuchen, und es würde sich auch nicht auszahlen.

Reb Zebulun sagte: »Es kann mir passieren, daß ich in eine Stadt komme, in der es nur zwei oder drei Kinder gibt, die Geschichtenbücher lesen wollen. Und es lohnt sich weder, wegen der paar Groschen, die ich vielleicht verdiene, dorthin zu laufen, noch mir ein Pferd zu halten oder einen Wagen zu mieten.«

»Aber was fangen diese Kinder ohne Geschichtenbücher an?« fragte Naftali. Und Reb Zebulun gab zur Antwort: »Sie müssen sich damit abfinden. Geschichtenbücher sind nicht wie Brot. Man kann ohne sie leben.«

»Ich könnte nicht ohne sie leben«, meinte Naftali.

Während dieses Gesprächs fragte Naftali auch, woher die Schriftsteller alle ihre Geschichten hätten, und Reb Zebulun sagte: »Zunächst einmal geschieht viel Ungewöhnliches auf der Welt. Kein Tag vergeht, ohne daß nicht etwas Außerordentliches passiert. Und außerdem gibt es Schriftsteller, die solche Geschichten erfinden.«

»Sie erfinden sie?« fragte Naftali verwundert. »Wenn das so ist, dann sind sie ja Lügner.«

»Sie sind keine Lügner«, erwiderte Reb Zebulun. »Das menschliche Gehirn kann nicht wirklich etwas erfinden. Manchmal lese ich eine Geschichte, die mir völlig unglaubhaft vorkommt, aber dann komme ich irgendwo hin und höre, daß sich so etwas tatsächlich zugetragen hat. Das Gehirn ist von Gott geschaffen, und menschliche Gedanken und Vorstellungen sind auch Gottes Werk. Sogar die Träume kommen von Gott. Was heute nicht geschieht, kann leicht morgen geschehen. Wenn nicht in diesem Land, so doch in einem anderen. Es gibt unendlich viele Welten, und was nicht auf der Erde geschieht, kann in

einer anderen Welt passieren. Und wer Augen hat, die sehen, und Ohren, die hören, der nimmt genug Geschichten für ein ganzes Leben in sich auf, die er seinen Kindern und Enkelkindern erzählen kann.«

So sprach der alte Reb Zebulun, und Naftali lauschte seinen Worten mit offenem Mund.

Schließlich sagte Naftali: »Wenn ich groß bin, werde ich in alle Städte und Dörfer fahren und überall Geschichtenbücher verkaufen, ob es sich für mich auszahlt oder nicht.«

Naftali hatte noch einen anderen Entschluß gefaßt – selbst Geschichtenbücher zu schreiben. Er wußte sehr gut, daß er dafür viel lernen mußte, und er beschloß, sich mit ganzer Kraft in die Arbeit zu stürzen. Also fing er an, aufmerksamer auf das zu hören, was die Leute redeten, auf die Geschichten, die sie erzählten, und darauf, wie sie sie erzählten. Jeder Mensch hatte seine eigene Art zu sprechen. Reb Zebulun hatte zu Naftali gesagt: »Wenn ein Tag vergeht, ist er vorbei. Und was bleibt von ihm übrig? Nur eine Geschichte.

Würden keine Geschichten erzählt und keine Bücher geschrieben, würden die Menschen wie Tiere leben, nur für den Augenblick.«

Und er hatte hinzugefügt: »Wir leben heute, aber morgen wird das Heute eine Geschichte sein. Die ganze Welt, alles menschliche Leben ist eine einzige lange Geschichte.«

III

Zehn Jahre vergingen. Inzwischen war Naftali ein junger Mann. Er war hochgewachsen und schlank, hatte eine helle Haut, schwarze Haare und blaue Augen. Er hatte viel im Lernhaus und in der Jeschiwa gelernt, und er kannte sich ausgezeichnet mit Pferden aus. Seligs Stute hatte ein Füllen bekommen, und Naftali führte es auf die Weide und zog es auf. Er nannte es Sus. Sus war ein verspieltes Fohlen. Übermütig wälzte es sich im Gras. Und sein Wiehern klang wie helles Glockengeläut. Manchmal, wenn Naftali ihn wusch und striegelte und seinen Hals kraulte, gab Sus Laute von sich, die einem Lachen ähnelten. Naftali ritt ihn ohne Sattel wie ein Kosak. Wenn Naftali auf Sus' Rücken über den Marktplatz ritt, kamen die jungen Mädchen ans Fenster und sahen ihm nach.

Später zimmerte sich Naftali einen Karren. Bei

Leib, dem Schmied, gab er die Räder in Auftrag. Naftali belud den Wagen mit allen Geschichtenbüchern, die er im Lauf der Jahre gesammelt hatte, und zog mit seinem Pferd und seiner Ware in die umliegenden Ortschaften. Er kaufte eine Peitsche, aber er gab sich das feierliche Versprechen, sie nie zu benützen. Es war nicht nötig, Sus die Peitsche zu geben oder auch nur zu zeigen. Er zog den leichten Bücherkarren willig und mühelos. Nur selten saß Naftali auf dem Kutschbock, meist ging er neben seinem Pferd einher und erzählte ihm Geschichten. Sus stellte die Ohren auf, wenn Naftali mit ihm sprach, und Naftali war überzeugt, daß Sus ihn verstand. Manchmal, wenn Naftali Sus fragte, ob ihm eine Geschichte gefallen habe, wieherte Sus, stampfte mit dem Vorderhuf auf oder schleckte Naftalis Ohr ab, als wollte er sagen: »Ja, gut hat sie mir gefallen ...«

Reb Zebulun hatte behauptet, daß Tiere nur für den Augenblick leben, aber Naftali war überzeugt, daß auch Tiere ein Gedächtnis haben. Oft erinnerte sich Sus besser an den Weg als er selbst. Naftali hatte von einem Hund erzählen hören, den sein Herr auf einer weiten Reise verloren hatte, und der, Monate nachdem der Herr ohne seinen treuen Begleiter nach Hause zurückgekommen war, wieder auftauchte. Der Hund war durch halb Polen gelaufen, um zu seinem Herrn zurückzukehren. Eine ähnliche Geschichte hatte Naftali von einer Katze gehört. Und die Tatsache, daß Tauben aus großer Entfernung in ihren Schlag zurückfliegen, war allgemein bekannt. Zu jener Zeit setzte man sie oft ein, um Briefe zu befördern. Manche Leute bezeichneten das als Gedächtnis, andere nannten es Instinkt. Aber was für eine Rolle spielte es, wie man es nannte? Jedenfalls lebten Tiere nicht nur für den Augenblick.

Naftali zog von Ort zu Ort; er machte in vielen Dörfern halt und verkaufte seine Geschichtenbücher. Alle Kinder liebten Naftali und sein Pferd Sus. Sie brachten für Sus alle möglichen Leckerbissen mit – Kartoffelschalen, Rüben und Zuckerstückchen –, und jedesmal, wenn Sus etwas zu fressen bekam, wedelte er mit dem Schwanz und schüttelte den Kopf, was soviel bedeutete wie »danke schön«.

Nicht alle Kinder besuchten eine Schule und lernten lesen, und so versammelte Naftali immer einige um sich, hob sie auf seinen Wagen und erzählte ihnen eine Geschichte; manchmal eine wahre und manchmal eine erfundene.

Wo immer er hinkam, hörte Naftali alle möglichen Geschichten – von bösen Geistern, Kobolden und Windmühlen, von Riesen und Zwergen, Königen, Prinzen und Prinzessinnen. Er selbst schmückte seine Geschichten mit allen Einzelheiten aus, und die Kinder wurden nie müde, ihm

zuzuhören. Selbst Erwachsene kamen und lauschten. Oft luden sie Naftali in ihr Haus zum Essen ein oder boten ihm einen Platz zum Schlafen an. Und auch Sus gaben sie gern zu fressen.

Wenn ein Mensch seine Arbeit nicht nur des Geldes wegen tut, sondern weil er sie liebt, bringt er auch bei anderen Liebe und Güte hervor. Wenn ein Kind kein Geld für ein Buch hatte, schenkte Naftali ihm eines. Und bald war Naftali überall bekannt. Schließlich kam er nach Lublin.

In Lublin hörte Naftali viele erstaunliche Geschichten. Er traf einen über zwei Meter großen Riesen, der mit einem Zirkus und einer Zwergentruppe durch die Lande reiste. Im Zirkus sah Naftali Pferde, die zur Musik tanzten, und tanzende Bären. Ein Artist verschluckte ein Messer und spuckte es wieder aus, ein anderer machte einen Salto auf dem Hochseil, ein dritter flog durch die Luft von einem Trapez zum anderen. Ein Mädchen stand auf dem Rücken eines Pferdes, das rund um die Manege galoppierte. Naftali schloß schnell Freundschaft mit den Zirkusleuten und lauschte ihren vielen interessanten Geschichten. Sie erzählten von Fakiren in Indien, die barfuß über glühende Kohlen liefen. Andere ließen sich bei lebendigem Leib begraben und waren gesund und wohlauf, wenn man sie ein paar Tage später wieder ausschaufelte. Naftali hörte wundersame Geschichten von Zauberern und Wundermännern, die Gedanken lesen und die Zukunft vorhersagen konnten. Er traf einen alten Mann, der von Lublin ins Land Israel und wieder zurück gewandert war. Der alte Mann erzählte Naftali von den Kabbalisten, die außerhalb Jerusalems in Höhlen lebten, von einem Sabbat bis zum nächsten fasteten und die Geheimnisse Gottes, der Engel, der Cherubim und Seraphim und der heiligen Tiere ergründeten. Die Welt war voller Wunder, und es drängte Naftali, sie niederzuschreiben und in allen Städten und Dörfern, nah und fern, zu verbreiten.

In Lublin ging Naftali in die Buchläden und kaufte Geschichtenbücher, aber bald mußte er feststellen, daß es nicht genug davon gab. Die Geschäftsinhaber meinten, es zahle sich nicht aus, sie zu drucken, da sie so wenig Geld einbrachten. Aber konnte man denn alles mit Geld messen? Überall gab es Kinder und sogar Erwachsene, die sich danach sehnten, Geschichten zu hören, und Naftali beschloß, alle zu erzählen, die er je gehört hatte. Er selbst konnte nie genug davon bekommen.

IV

Die Jahre vergingen. Naftalis Eltern lebten nicht mehr. Viele Mädchen hatten sich in Naftali verliebt und wollten ihn heiraten, aber er wußte, daß er mit dem Erzählen von Geschichten und dem Verkaufen von Geschichtenbüchern keine Familie ernähren konnte. Außerdem hatte er sich an das Umherziehen gewöhnt. Wie viele Geschichten konnte einer schon hören oder erzählen, wenn er immer in derselben Stadt lebte? Also hatte er beschlossen, durchs Land zu fahren.

Normalerweise leben Pferde etwa zwanzig Jahre, aber Sus war eines jener Pferde, die sehr viel älter werden. Doch niemand lebte ewig. Und mit vierzig machten sich bei Sus Alterserscheinungen bemerkbar. Jetzt galoppierte er nur noch selten, und auch seine Augen waren nicht mehr so gut wie früher. Auch Naftali war inzwischen grauhaarig, und die Kinder nannten ihn Großpapa.

Eines Tages kam Naftali zu Ohren, daß an der Straße zwischen Lublin und Warschau ein Gut lag, das von allen Buchhändlern besucht wurde, weil der Besitzer sehr gerne las und Geschichten hörte. Naftali fragte nach dem Weg, und man erklärte ihm, wie er hingelangen würde. An einem Frühlingstag kam er dort an. Alles, was er gehört hatte, bewahrheitete sich. Der Besitzer des Gutes, Reb Falik, hieß ihn herzlich willkommen und kaufte ihm viele Bücher ab. Die Kinder aus der nahen Ortschaft hatten bereits von Naftali, dem Geschichtenerzähler, gehört, und im Nu waren alle Geschichtenbücher, die er mitgebracht hatte, in ihren Besitz übergegangen. Reb Falik hatte viele Pferde, die auf der Koppel grasten und Sus bereitwillig in ihre Gemeinschaft aufnahmen. Sofort begann Sus auf der Wiese zu grasen, die voller gelber Blumen war, während Naftali Reb Falik eine Geschichte nach der anderen erzählte. Es war warm, und die Vögel sangen und zwitscherten.

Zu dem Gut gehörte ein Waldstück, auf dem alte Eichen standen. Einige dieser Eichen waren so dick, daß sie mehrere hundert Jahre alt sein mußten. Besonders beeindruckt war Naftali von einer Eiche, die mitten auf der Wiese stand. Es war die mächtigste Eiche, die Naftali je in seinem Leben gesehen hatte. Ihre Wurzeln breiteten sich weit nach allen Seiten aus, und sie mußten bis tief in die Erde hineinreichen. Die hohe und nach allen Seiten hin weit ausladende Baumkrone warf einen riesigen Schatten. Als Naftali diese gewaltige Eiche sah, die älter als alle anderen Eichen in der Umgebung sein mußte, kam ihm der Gedanke: »Wie schade, daß eine Eiche nicht sprechen kann!«

Diese Eiche hatte viele Generationen miterlebt. Vielleicht gab es sie schon zu jener Zeit, als in Polen noch Heiden lebten. Und ganz sicher hatte sie die Zeit miterlebt, als die Juden aus Deutschland, wo man sie verfolgte, nach Polen kamen und

der polnische König, Kasimir I., ihnen die Tore seines Landes geöffnet hatte. Plötzlich wurde Naftali klar, daß er des Umherziehens müde war. Er beneidete die Eiche, weil sie so lange an einem Platz stehen durfte und so tief in Gottes Erde verwurzelt war. Zum ersten Mal in seinem Leben sehnte sich Naftali danach, sich an einem Ort niederzulassen. Dabei dachte er auch an sein Pferd. Sus war zweifellos lange genug durchs Land gezogen. Es würde ihm guttun, sich in den paar Jahren, die ihm noch blieben, etwas auszuruhen.

Gerade als Naftali so dastand und seinen Gedanken nachhing, kam der Besitzer des Gutes, Reb Falik, in einem zweirädrigen Wagen des Weges. Er brachte ihn vor Naftali zum Stehen und sagte: »Ich sehe wohl, daß du mit deinen Gedanken ganz woanders bist. Sag mir, woran du denkst.«

Zuerst wollte Naftali Reb Falik antworten, daß wohl eine Menge dummer Gedanken in den Köpfen der Menschen kreisten und daß man sie nicht alle beschreiben konnte. Doch dann dachte er: »Warum soll ich ihm eigentlich nicht die Wahrheit sagen?« Reb Falik war ein gutherziger Mann. Er hatte einen silberweißen Bart und Augen, aus denen jene Weisheit und Güte sprachen, die das Alter manchmal mit sich bringt. Naftali sagte: »Wenn Ihr Geduld habt, werde ich es Euch sagen.«

»Ja, ich habe Geduld. Setz dich neben mich in den Wagen und fahr mit mir spazieren. Ich möchte wissen, worüber ein Mann, den das Geschichtenerzählen berühmt gemacht hat, nachdenkt.«

Naftali nahm im Wagen Platz. Die Pferde, die vor den Wagen gespannt waren, gingen langsam, und Naftali erzählte Reb Falik die Geschichte seines Lebens bis hin zu den Gedanken, die ihn beim Anblick der gewaltigen Eiche bewegten. Er erzählte ihm alles, ohne etwas auszulassen.

Als Naftali geendet hatte, sagte Reb Falik: »Mein lieber Naftali, ich kann dir alle deine Wünsche und Träume leicht erfüllen. Wie du weißt, bin ich ein alter Mann. Meine Frau ist vor einiger Zeit gestorben. Meine Kinder leben in großen Städten. Ich liebe es, Geschichten zu hören, und ich habe außerdem eine Menge zu erzählen. Wenn du magst, kannst du dir im Schatten der Eiche ein Haus bauen und dort bleiben, solange ich lebe und solange du lebst. In der Nähe des Hauses lasse ich einen Stall für dein Pferd bauen, und so könnt ihr beide euer Leben in Frieden beenden. Ja, du hast recht. Man kann nicht ewig umherwandern. Für jeden Menschen kommt die Zeit, wo er sich an einem Ort niederlassen und alle Schönheit, die dieser Platz zu bieten hat, genießen will.«

Als Naftali diese Worte hörte, erfüllte ihn große Freude. Wieder und wieder dankte er Reb Falik, aber Reb Falik sagte nur: »Du brauchst mir nicht so zu danken. Ich habe viele Bauern und Dienstboten um mich, aber ich habe keinen einzigen Menschen, mit dem ich reden kann. Wir wollen Freunde sein und uns gegenseitig viele Geschichten erzählen. Was ist denn schon das Leben? Die Zukunft ist noch nicht da, und man kann nicht voraussehen, was sie bringen wird. Die Gegenwart ist nur ein Augenblick und die Vergangenheit eine lange Geschichte. Wer keine Geschichten erzählt und keine Geschichten hört, lebt nur für diesen Augenblick, und das ist nicht genug.«

V

Reb Faliks Versprechen waren keine leeren Worte. Schon am nächsten Tag trug er seinen

Leuten auf, ein Haus für Naftali, den Geschichtenerzähler, zu bauen. An Bauholz und geschickten Händen herrschte kein Mangel auf dem Gut. Doch als Naftali die Pläne für das Haus sah, wurde ihm unbehaglich zumute. Er brauchte nur ein kleines Häuschen für sich selbst und einen Stall für Sus. Aber der Plan sah ein großes Haus mit vielen Zimmern vor. Naftali fragte Reb Falik, warum er so ein großes Haus für ihn bauen ließ, und Reb Falik antwortete: »Du wirst es brauchen.«

»Aber wofür?« fragte Naftali.

Nach und nach lüftete sich das Geheimnis. Im Laufe seines Lebens hatte Reb Falik so viele Bücher erworben, daß sich kein Platz mehr für sie in seinem eigenen großen Haus fand und viele Bücher im Keller und auf dem Dachboden gelagert werden mußten. Außerdem hatte Naftali bei seinem Gespräch mit Reb Falik erwähnt, daß er viele seiner eigenen Geschichten und solche, die andere ihm erzählt hatten, niedergeschrieben hatte; so hatte sich eine ganze Kiste voller Manuskripte angesammelt, doch Naftali hatte diese Geschichten nicht drucken lassen können, weil die Drucker in Lublin und in anderen großen Städten eine Menge Geld dafür verlangten und weil in Polen nicht genug Geschichtenbücher verkauft wurden, um diese Ausgaben zu decken.

Neben Naftalis Haus ließ Reb Falik eine Drukkerei errichten. Er bestellte kistenweise Drucktypen aus Lublin (zu dieser Zeit gab es noch längst keine Setzmaschinen) und eine Handpresse. Von jetzt an würde Naftali seine eigenen Geschichtenbücher setzen und drucken können. Als er erfuhr, was Reb Falik für ihn tun wollte, traute Naftali seinen Ohren nicht. Er sagte: »Von allen Geschichten, die ich je gehört oder erzählt habe, ist diese für mich die schönste.«

Noch im selben Sommer war alles fertig – das Haus, die Bibliothek, die Druckerei. Schon früh brach der Winter herein. Gleich nach dem Laubhüttenfest setzte der Regen ein, und bald kam der Schnee. Im Winter gibt es auf einem Gut wenig zu tun. Die Bauern saßen in ihren Hütten und wärmten sich am Herd, oder sie gingen ins Wirtshaus. Reb Falik und Naftali verbrachten eine Menge Zeit zusammen. Reb Falik war eine schier unerschöpfliche Fundgrube für Geschichten. Er kannte viele berühmte Leute. Früher hatte er die Messen in Danzig, Leipzig und Amsterdam besucht. Er hatte sogar eine Reise ins Heilige Land unternommen und die Klagemauer, die Höhle von Machpela und Rachels Grab gesehen. Reb Falik erzählte viele Geschichten, und Naftali schrieb sie nieder.

Sus' Stall war zu groß für ein einziges Pferd. Aber Reb Falik hatte eine Anzahl alter Pferde auf seinem Gut, die nicht mehr arbeiten konnten, so daß Sus nicht allein war. Und manchmal, wenn Naftali in den Stall kam, um seinen geliebten Sus zu besuchen, sah er ihn den Kopf zum Pferd zu seiner Linken oder Rechten neigen, und es kam ihm so vor, als lauschte Sus den Geschichten, die ihm die anderen Pferde erzählten, oder als erzähle er schweigend seine eigene Geschichte. Es stimmt, daß Pferde nicht sprechen können, aber Gottes Geschöpfe können sich auch ohne Worte verständigen.

In diesem Winter schrieb Naftali viele Geschichten nieder – eigene und solche, die er von Reb Falik gehört hatte. Er setzte sie und druckte sie auf seiner Handpresse.

Manchmal, wenn die Sonne silbrig auf dem Schnee glitzerte, spannte Naftali Sus und ein anderes Pferd vor einen Schlitten und machte eine Runde durch die nahen Ortschaften, wo er seine Geschichtenbücher verkaufte oder an Leute verschenkte, die sie sich nicht leisten konnten. Reb Falik begleitete ihn manchmal. Sie schliefen in Gasthöfen und verbrachten ihre Zeit mit Kaufleuten, Grundbesitzern und Chassidim, die auf dem Weg zu ihren Rabbis waren. Jeder wußte eine Geschichte zu erzählen, und Naftali schrieb sie nieder oder hielt sie in seinem Gedächtnis fest.

Der Winter ging vorüber, ohne daß Naftali es merkte. Zum Pessachfest kamen Reb Faliks

Söhne, Töchter und Enkelkinder, um die Feiertage auf dem Gut zu begehen, und wieder hörte Naftali wundersame Geschichten von Warschau, Krakau und sogar von Berlin, Paris und London. Könige führten Kriege, Wissenschaftler machten alle möglichen Entdeckungen und Erfindungen. Astronomen entdeckten Sterne, Planeten und Kometen. Archäologen gruben die Ruinen antiker Städte aus. Chemiker entdeckten neue Elemente. In allen Ländern verlegte man Eisenbahnschienen. Man baute Museen, Bibliotheken und Theater. Historiker entschlüsselten Schriftstücke aus vergangenen Zeiten. Schriftsteller in aller Welt beschrieben das Leben und die Menschen, unter denen sie weilten. Die Menschheit konnte und würde ihre Vergangenheit nicht vergessen. Die Geschichte der Welt wurde immer reicher an Einzelheiten.

In diesem Frühling geschah etwas, was Naftali erwartet und wovor er sich gefürchtet hatte. Sus wurde krank und hörte zu grasen auf. Draußen schien die Sonne, und Naftali führte Sus auf die Weide, wo frisches, grünes Gras stand und viele Blumen blühten. Sus ließ sich in der Sonne nieder, betrachtete das Gras und die Blumen, aber er fraß nicht mehr. In seinen Augen lag Ruhe, der Frieden eines Geschöpfes, das sein Leben gelebt hat und bereit ist, seine Geschichte auf Erden zu beenden.

Eines Nachmittags, als Naftali ging, um nach seinem geliebten Pferd zu sehen, sah er, daß Sus tot war. Naftali konnte die Tränen nicht zurückhalten. Sus war ein Teil seines Lebens gewesen.

Naftali schaufelte ein Grab für Sus in der Nähe der alten Eiche, wo Sus gestorben war, und dort begrub er ihn. Um das Grab zu kennzeichnen, steckte er die Peitsche, die er nie benützt hatte, in die Erde. Ihr Griff war aus Eichenholz geschnitzt.

Einige Wochen später machte Naftali eine seltsame Entdeckung: Aus der Peitsche war ein Schößling geworden. Der Griff hatte im Erdreich, wo Sus lag, Wurzeln geschlagen und begann Blätter zu treiben. Ein Baum wuchs über Sus, eine neue Eiche, die ihre Nahrung aus Sus' Körper zog. Mit der Zeit bekam der junge Baum Zweige, in denen die Vögel sangen und ihre Nester bauten. Naftali konnte schwerlich glauben, daß dieser alte, ausgetrocknete Stock noch genug Leben besessen haben sollte, um zu wachsen und Blüten zu treiben. Naftali hielt es für ein Wunder. Als der Baum größer wurde, schnitt Naftali in seine Rinde Sus' Namen und die Daten seiner Geburt und seines Todes.

Die einzelnen Geschöpfe sterben, aber damit ist die Geschichte der Welt nicht zu Ende. Die Erde, die Sterne, Planeten und Kometen – sie alle sind Teil jener endlosen und wunderbaren Geschichte, die nur Gott in ihrer Ganzheit kennt.

Ein paar Jahre später starb Reb Falik, und wiederum Jahre später starb Naftali, der Geschichtenerzähler. Inzwischen war er nicht nur in ganz Polen, sondern auch in anderen Ländern berühmt für seine Geschichtenbücher. Vor seinem Tod bat

Naftali darum, unter der jungen Eiche begraben zu werden, die über Sus' Grab gewachsen war, und deren Zweige die alte Eiche berührten. Auf Naftalis Grabstein meißelte man die folgenden Worte aus der Heiligen Schrift:

Die Lieben und Guten,
im Leben und im Tode
sind sie nicht getrennt.

Sechs Geschichten von den Narren aus Chelm

Die Ältesten von Chelm und Genendels Schlüssel

Wie man weiß, wurde Chelm vom Gemeindeältesten und von den sechs Dorfältesten regiert, allesamt Narren. Der Gemeindeälteste hieß Gronam Ochs. Die Dorfältesten waren Lekisch Dämlich, Zeinwel Trottel, Treitel Tor, Sender Simpel, Schmendrick Knallkopf und Feiwel Blödel. Gronam Ochs war der Allerälteste. Er trug einen weißen gelockten Bart und hatte eine hohe Stirn vom vielen Denken.

Weil Gronam ein großes Haus bewohnte, trafen sich die Dorfältesten gewöhnlich bei ihm. Ab und zu brachte ihnen Gronams Frau Genendel Tee, Kuchen und Marmelade.

Gronam wäre ein glücklicher Mensch gewesen, wenn ihm Genendel nicht jedesmal, nachdem die Ältesten gegangen waren, vorgeworfen hätte, er rede Unsinn. Nach ihrer Meinung war ihr hochgeachteter Mann ein Simpel, ein Einfaltspinsel.

Nach so einem Streit sagte Gronam einmal zu seiner Frau: »Was nützt es, wenn du immer dann meckerst, nachdem die Dorfältesten schon gegangen sind! Komm in Zukunft ins Zimmer, wenn du mich etwas Dummes reden hörst, und sag es mir. Ich werde dann sofort von etwas anderem sprechen.«

»Na, aber ich kann dir doch nicht vor den Dorfältesten sagen, daß du Unsinn redest. Wenn sie erfahren, daß du ein Dummkopf bist, wirst du die längste Zeit der Gemeindeälteste gewesen sein.«

»Wenn du schon so schlau bist, dann denk dir was aus«, knurrte Gronam.

Genendel dachte einen Augenblick nach, dann rief sie: »Ich hab's«.

»Na?«

»Wenn du was Blödes sagst, komm ich rein und geb dir den Schlüssel von unserem Geldschrank. Dann weißt du, daß du wie ein rechter Narr geredet hast.«

Gronam war von dem Einfall seiner Frau so entzückt, daß er in die Hände klatschte und sagte: »Frau, du wirst noch genauso gescheit werden wie ich.«

Ein paar Tage später trafen sich die Dorfältesten wieder in Gronams Haus. Diesmal sprach man über Schawuot – einen Festtag, an dem viel saurer Rahm gebraucht wurde. Den sauren Rahm aß man zu Plinsen. In diesem Jahr gab es kaum sauren Rahm, weil der Frühling recht trocken gewesen war und die Kühe wenig Milch gaben.

Die Dorfältesten wühlten in ihren Bärten und rieben sich die Stirn, ein Zeichen dafür, daß sie

angestrengt nachdachten. Aber keiner kam darauf, wie man genug sauren Rahm für den Festtag beschaffen könnte.

Plötzlich schlug Gronam mit der Faust auf den Tisch und rief: »Ich hab's!«

»Na, was?«

»Also, wir machen ein Gesetz. Wasser soll in Zukunft saurer Rahm heißen, und saurer Rahm soll Wasser heißen. Und weil die Brunnen von Chelm voller Wasser sind, wird jede Hausfrau ein Faß voll sauren Rahm haben.«

»Was für eine prächtige Idee!« rief Sender Simpel.

»Ein Geniestreich!« kreischte Zeinwel Trottel.

»Nur Gronam Ochs kann sich so was Wunderbares ausdenken«, staunte Lekisch Dämlich.

Treitel Tor, Schmendrick Knallkopf und Feiwel Blödel meinten das auch. Der Gemeindeschreiber, Feiwel Blödel, nahm Feder und Papier zur Hand und schrieb das neue Gesetz auf. Von Stund an hieß Wasser saurer Rahm, und saurer Rahm hieß Wasser.

Als die Dorfältesten die Gemeindegeschäfte erledigt hatten, sprachen sie über gewöhnlichere Dinge.

Gronam sagte: »Letzte Nacht hab ich kein Auge zugetan. Ich mußte darüber nachdenken, warum es im Sommer warm ist. Schließlich hab ich's doch herausgefunden.«

»Na, warum?« fragten die Dorfältesten.

»Weil den ganzen Winter über alle Öfen in Chelm geheizt werden. Und diese Hitze bleibt in Chelm. Das macht den Sommer warm.«

Die Ältesten nickten, nur Lekisch Dämlich nicht. Er fragte: »Aber warum ist es dann im Winter kalt?«

»Das ist doch klar«, antwortete Gronam. »Im Sommer werden die Öfen nicht geheizt, so bleibt keine Hitze übrig für den Winter.«

Die Dorfältesten waren wieder einmal begeistert von Gronams großer Erfahrung. Nach so heftiger geistiger Anstrengung schauten sie zur

Tür, wo Genendel mit Tee, Kuchen und Marmelade erscheinen mußte. Sie kam herein, aber sie brachte statt des Tabletts einen Schlüssel, den sie ihrem Mann gab, und sagte: »Gronam, hier ist der Schlüssel zu unserem Geldschrank.«

Gerade heute war Gronam davon überzeugt, nur klug gesprochen zu haben. Aber da stand Genendel mit dem Schlüssel in der Hand, ein sicheres Zeichen dafür, daß er wie ein Narr geredet haben mußte. Er wurde fuchsteufelswild und fragte die Dorfältesten: »Sagt mir, hab ich so närrisches Zeug geredet, daß mir mein Weib den Schlüssel zu unserem Geldschrank bringen muß?«

Die Ältesten erstaunte die Frage; so erklärte ihnen Gronam, was er mit Genendel vereinbart hatte, nämlich, daß sie ihm den Schlüssel geben sollte, sobald er wie ein Idiot redete.

»Aber heute, habe ich heute nicht in höchster Weisheit gesprochen? Ihr seid meine Richter.«

Die Dorfältesten waren wütend auf Genendel. Feiwel Blödel sagte, was alle dachten: »Wir sind die Dorfältesten von Chelm, und wir verstehen alles. Eine Frau kann uns nicht sagen, was klug ist und was dumm.«

Dann beredeten sie die ganze Sache und machten ein neues Gesetz: Wann immer Genendel glaubte, ihr Mann rede wie ein Narr, dann sollte sie hereinkommen und den Ältesten den Schlüssel geben. Wenn auch sie der Meinung waren, würden sie Gronam sagen, er solle von etwas anderem reden. Stimmten sie ihr aber nicht zu, dann mußte sie eine doppelte Portion Tee, Kuchen und Marmelade bringen und außerdem noch drei Plinsen für jeden Weisen.

Feiwel Blödel brachte das neue Gesetz zugleich zu Papier und drückte das Siegel von Chelm auf, das einen Ochsen mit sechs Hörnern zeigt.

Von Stund an konnte Gronam reden, wie ihm der Schnabel gewachsen war, denn Genendel war ein arger Geizhals. Kein einziges Mal kam sie mit dem Schlüssel, denn es hätte ihr gar nicht gepaßt, wenn sich die Dorfältesten mit ihren vorzüglichen Plinsen vollgestopft hätten.

An diesem Schawuot mangelte es nicht an »saurem Rahm« in Chelm, aber ein paar Hausfrauen jammerten darüber, daß sie so wenig »Wasser«

hätten. Das aber war ein neues Problem, das nach dem Festtag gelöst werden mußte.

Gronam Ochs wurde in der ganzen Welt berühmt als der Weise, der es durch ein Gesetz geschafft hatte, daß in Chelm viele Brunnen und ein ganzer Fluß sauren Rahm führten.

Die Narren von Chelm und der törichte Karpfen

In Chelm, der Stadt der Narren, kauften alle Hausfrauen Fisch für den Sabbat. Die Reichen kauften große Fische, die Armen kleine. Gekauft wurden sie am Donnerstag, ausgenommen, zerteilt und zubereitet am Freitag, und am Sabbat wurden sie gegessen.

Eines Donnerstagmorgens öffnete sich die Tür zum Haus des Gemeindevorstehers von Chelm, Gronam Ochs, und Zeinwel Trottel trat mit einem Trog voll Wasser ein. Darin schwamm ein großer Karpfen.

»Was ist das denn?« fragte Gronam Ochs.

»Ein Geschenk für dich von den Weisen von Chelm«, sagte Zeinwel. »Dies ist der größte Karpfen, der je im See von Chelm gefangen wurde, und wir haben beschlossen, ihn dir zum Zeichen der Anerkennung deiner großen Weisheit zu geben.«

»Vielen Dank«, antwortete Gronam Ochs. »Meine Frau wird sich sehr darüber freuen. Sie und ich, wir mögen Karpfen sehr gern. Ich habe in einem Buch gelesen, daß das Gehirn eines

Karpfens, wenn man es ißt, einen noch weiser macht, und auch wenn wir in Chelm schon ungeheuer klug sind, kann eine kleine Verbesserung nie schaden. Aber laß mich ihn genau ansehen. Man hat mir gesagt, daß man am Karpfenschwanz die Größe seines Gehirns ablesen kann.«

Jedermann wußte, das Gronam Ochs kurzsichtig war, und als er sich zu dem Trog hinunterbeugte, um den Schwanz des Karpfens besser sehen zu können, tat der Karpfen etwas, das bewies, daß er nicht so klug war, wie Gronam glaubte. Er hob seinen Schwanz und klatschte ihn Gronam ins Gesicht.

Gronam Ochs war fassungslos. »So etwas ist mir noch nie passiert«, rief er empört. »Ich kann gar nicht glauben, daß dieser Karpfen im See von Chelm gefangen wurde. Ein Chelmer Karpfen hätte das nie getan.«

»Er ist der gemeinste Fisch, den ich je im Leben gesehen habe«, pflichtete Zeinwel Trottel ihm bei.

Obwohl Chelm eine große Stadt ist, verbreiten sich Neuigkeiten dort in Windeseile. Innerhalb kürzester Zeit versammelten sich die anderen weisen Männer von Chelm im Haus ihres Vorstands, Gronam Ochs. Treitel Tor kam und Sender Simpel, Schmendrick Knallkopf und Feiwel Blödel. Gronam Ochs sagte: »Ich werde diesen Fisch am Sabbat nicht essen. Dieser Karpfen ist verrückt und durch und durch bösartig. Wenn ich ihn esse, könnte ich dumm werden anstatt klüger.«

»Was sollen wir dann mit ihm anfangen?« fragte Zeinwel Trottel.

Gronam Ochs legte einen Finger an seine Stirn, zum Zeichen, daß er angestrengt nachdachte. Nach einer Weile rief er: »Kein Mensch oder Tier in Chelm darf Gronam Ochs schlagen. Dieser Fisch muß bestraft werden.«

»Aber auf welche Weise sollen wir ihn bestra-

fen?« fragte Treitel Tor. »Fische werden sowieso getötet, und man kann einen Fisch nicht zweimal umbringen.«

»Man sollte ihn nicht wie einen anderen Fisch töten«, schlug Sender Simpel vor. »Er sollte auf andere Weise sterben, damit jeder sieht, daß niemand unseren verehrten Gemeindevorsteher Gronam Ochs ungestraft schlagen darf.«

»Aber was für eine Todesart?« überlegte Schmendrick Knallkopf. »Sollen wir ihn vielleicht einfach ins Gefängnis stecken?«

»Es gibt kein Gefängnis für Fische in Chelm«, sagte Zeinwel Trottel. »Und so ein Gefängnis zu bauen, würde zu lange dauern.«

»Man sollte ihn aufhängen«, meinte Feiwel Blödel.

»Wie willst du einen Karpfen aufhängen?« wollte Sender Simpel wissen. »Man kann jemanden nur am Hals aufhängen, aber da dieser Karpfen keinen Hals hat, wie willst du ihn dann aufhängen?«

»Ich schlage vor, daß er den Hunden bei lebendigem Leib zum Fraß vorgeworfen wird«, sagte Treitel Tor.

»Das hat keinen Sinn«, antwortete Gronam Ochs. »Unsere Hunde in Chelm sind schlau und bescheiden, aber wenn sie diesen Karpfen fressen, werden sie vielleicht genauso dumm und gemein wie er.«

»Was also sollen wir tun?« fragten die weisen Männer im Chor.

»Dieser Fall bedarf eingehender Überlegung«, befand Gronam Ochs. »Vorerst wollen wir den Karpfen in seinem Trog lassen und über die Sache so lange wie nötig nachdenken. Da ich der weiseste Mann in Chelm bin, kann ich es mir nicht leisten, ein Urteil zu sprechen, das nicht von allen Chelmern bewundert wird.«

»Wenn der Karpfen lange Zeit in diesem Trog bleibt, könnte er sterben«, erklärte Zeinwel Trottel, ein ehemaliger Fischhändler. »Um ihn am Leben zu erhalten, müssen wir ihm eine große Wanne geben und regelmäßig das Wasser wechseln. Außerdem muß er anständig gefüttert werden.«

»Du hast recht, Zeinwel«, stimmte Gronam Ochs zu. »Geh und suche die größte Wanne in Chelm und kümmere dich darum, daß der Karpfen bis zum Tag des Urteils am Leben und gesund bleibt. Wenn ich zu einer Entscheidung komme, werde ich es dich wissen lassen.« Natürlich waren Gronams Worte in Chelm Gesetz. Die fünf weisen Männer zogen los und fanden eine große Wanne, füllten sie mit frischem Wasser, Brotkrumen, Chale und anderen Leckerbissen, die einem Karpfen schmecken mochten, und legten den kriminellen Karpfen hinein. Schlemihl, Gronams Leibwächter, wurde neben der Wanne postiert, um aufzupassen, daß sich keine gierige Hausfrau an dem unter Arrest stehenden Karpfen vergreifen würde.

Es ergab sich, daß Gronam Ochs viele andere Entscheidungen zu fällen hatte und das Urteil immer wieder hinausschob. Den Karpfen schien das nicht ungeduldig zu machen. Er fraß, schwamm in der Wanne umher, wurde noch fetter, als er ohnehin schon war, und machte sich gar nicht klar, daß ihm ein schlimmes Urteil drohte. Schlemihl wechselte häufig das Wasser, weil man ihm gesagt hatte, daß, sollte der Karpfen sterben, dies von Gronam Ochs und dem Gerichtshof von Chelm als Verhöhnung aufgefaßt würde. Jukel, der Wasserträger, verdiente sich jeden Tag ein paar Pfennige dazu, indem er Wasser für den Karpfen brachte. Einige Einwohner

von Chelm, die gegen Gronam Ochs waren, verbreiteten das Gerücht, daß Gronam einfach nicht die rechte Strafe für den Karpfen finden könne und nur darauf warte, daß der Karpfen eines natürlichen Todes stürbe. Doch sie wurden enttäuscht. Etwa ein halbes Jahr später wurde eines Morgens das Urteil verkündet, und als es bekannt wurde, waren die Leute von Chelm überwältigt: Der Karpfen sollte ertränkt werden.

Gronam Ochs hatte sich schon viele kluge Urteile ausgedacht, aber noch nie ein so geistreiches wie dieses. Selbst seine Feinde waren über seine gewitzte Rechtsprechung erstaunt. Ertränken ist genau die Todesart, die ein tückischer Karpfen mit einem großen Schwanz und einem kleinen Hirn verdient. An diesem Tag versammelte sich die ganze Gemeinde von Chelm am See, um zuzusehen, wie das Urteil vollstreckt wurde. Der Karpfen, der inzwischen fast doppelt so dick war wie zuvor, wurden in dem Karren, der die Schwerverbrecher zur Richtstatt fuhr, zum See gebracht. Die Trommler trommelten. Trompeten schmetterten. Der Henker von Chelm hob den schweren Karpfen hoch und warf ihn mit einem mächtigen Schwung in den See, daß es nur so klatschte.

Die Leute von Chelm schrien aus vollem Hals: »Nieder mit dem Verräter! Lang lebe Gronam Ochs! Hurra!«

Gronam Ochs wurde von seinen Bewunderern auf die Schultern gehoben und unter Lobeshymnen nach Hause getragen. Einige Chelmer Mädchen überschütteten ihn mit Blumen. Sogar seine Frau, die oft Kritik an Gronam übte und es sogar wagte, ihn einen Esel zu nennen, schien von Gronams ungeheurer Intelligenz beeindruckt.

Wie überall gab es auch in Chelm Neider, die an jedem etwas auszusetzen fanden, und diese behaupteten, es gäbe keinerlei Beweis dafür, daß der Karpfen wirklich ertrunken sei. Warum auch sollte ein Karpfen im Seewasser ertrinken, wollten sie wissen. Während Hunderte unschuldiger Fische jeden Freitag umgebracht wurden, sagten sie, hatte dieser blöde Karpfen monatelang bequem auf Kosten der Steuerzahler gelebt und war dann gesund und wohlbehalten in den See zurückgekehrt, wo er sich über die Menschen lustig machte. Aber nur wenige hörten auf diese bösartigen Worte. Man wies darauf hin, daß Monate vergingen, ohne daß der Karpfen wieder gefangen wurde – ein sicheres Zeichen, daß er tot war. Gewiß, der Karpfen könnte beschlossen haben, vorsichtig zu sein und den Netzen der Fischer auszuweichen. Aber wie kann ein dummer Karpfen, der Gronam Ochs ins Gesicht schlägt, solche Klugheit besitzen?

Um trotzdem ganz sicherzugehen, erließen die weisen Männer von Chelm eine Verfügung, daß, falls der abscheuliche Karpfen sich geweigert haben sollte zu ertrinken und wieder gefangen würde, ein eigenes Gefängnis für ihn gebaut werden sollte, ein Becken, in dem man ihn bis zum Ende seiner Tage gefangen halten würde.

Die Verfügung wurde in großen Lettern im Nachrichtenblatt von Chelm abgedruckt und von Gronam Ochs und seinen fünf Weisen unterzeichnet – von Treitel Tor, Sender Simpel, Schmendrick Knallkopf, Zeinwel Trottel und Feiwel Blödel.

Lemel und Zipe

Diese Geschichte hat mir meine Mutter erzählt, und ich gebe sie hier Wort für Wort so wahrheitsgetreu wie möglich wieder. Es lebte einmal ein wohlhabender Landmann namens Tobias. Er und seine Frau Lea hatten eine Tochter, Zipe, die so dumm war, daß man weit und breit nicht ihresgleichen fand. Als sie größer wurde, begannen die Heiratsvermittler Partien für sie vorzuschlagen, aber jedesmal wenn ein zukünftiger Bräutigam kam, um sie in Augenschein zu nehmen, und sie nichts als dummes Zeug von sich gab, ergriff er die Flucht. Es hatte den Anschein, als würde Zipe eine alte Jungfer werden. Die Eltern suchten Rat beim Rabbi, und dieser meinte: »Ehen werden im Himmel geschlossen. Da Zipe eine Törin ist, wird der Himmel sicherlich einen törichten Bräutigam für sie vorgesehen haben. Fragt einfach herum nach einem jungen Mann, der ein größerer Narr ist als eure Tochter, und wenn die zwei Narren heiraten, werden sie glücklich miteinander sein.«

Die Eltern waren sehr zufrieden mit diesem

Ratschlag. Sie gingen zu einem Heiratsvermittler und trugen ihm auf, für ihre Tochter den größten Narren in der Provinz Lublin ausfindig zu machen. Sie versprachen dem Heiratsvermittler das doppelte Honorar, das normalerweise für das Zustandekommen einer Hochzeit bezahlt wird. Nun wußte der Heiratsvermittler, daß es in keiner Stadt so viele Narren gab wie in Chelm, also machte er sich auf den Weg dorthin.

Er kam zu einem Haus, vor dem ein junger Bursche saß und weinte. Der Heiratsvermittler fragte: »Bursche, warum weinst du?«

Und der Bursche sagte: »Meine Mutter hat eine ganze Schüssel Plinsen für das Schawuot-Fest gebacken. Als sie fortging, um Sauerrahm für die Plinsen zu kaufen, ermahnte sie mich: ›Lemel, daß du mir die Plinsen nicht vor Schawuot ißt!‹ Ich versprach es ihr, aber sobald sie das Haus verlassen hatte, bekam ich großen Appetit auf eine Plinse und aß eine, und nach der ersten gelüstete es mich nach einer zweiten und einer dritten und einer vierten, und bevor ich mich versah, hatte ich die ganze Schüssel leer gegessen. Ich war so mit dem Futtern von Plinsen beschäftigt, daß ich nicht sah, daß die Katze mich beobachtete. Und jetzt habe ich große Angst, daß die Katze meiner Mutter, sobald sie zurückkommt, erzählt, was ich getan habe, und daß meine Mutter mich am Kragen packt und mich wieder so nennt, wie sie's immer tut – Narr, Hornochse, Dummkopf, Simpel, Dussel, Esel.«

Dieser Lemel ist wie geschaffen für Zipe, dachte der Heiratsvermittler.

Laut sagte er: »Ich kann die Sprache der Katzen sprechen. Ich werde der Katze sagen, sie soll dich nicht verraten, und wenn ich einer Katze etwas befehle, hört sie auch darauf, denn ich bin der König der Katzen.«

Als er diese Worte hörte, begann Lemel vor Freude zu tanzen. Der Heiratsvermittler redete mit erfundenen Wörtern auf die Katze ein – er sagte, was ihm gerade einfiel: »Petsche-metsche-ketsche-letsche.« Dann fragte er: »Lemel, möchtest du eine Braut?«

»Aber sicher!«

»Ich habe genau die richtige Braut für dich – so eine wie sie gibt es nicht noch einmal auf der Welt. Sie heißt Zipe.«

»Hat sie rote Backen?« fragte Lemel. »Ich möchte ein Mädchen mit roten Backen und langen Zöpfen.«

»Sie hat alles, was du dir nur wünschen kannst.«

Wieder begann Lemel zu tanzen und klatschte in die Hände. In diesem Augenblick kam seine Mutter mit dem Topf Sauerrahm. Als sie ihren Sohn herumtanzen sah, fragte sie: »Lemel, was hat dieser Freudentanz zu bedeuten?«

Und Lemel antwortete: »Ich habe die ganzen Plinsen aufgegessen und hatte Angst, die Katze würde mich verraten, aber dieser Mann hat der Katze befohlen, nichts zu sagen.«

»Du Dummkopf! Du Blödmann!« schrie seine Mutter ihn an. »Was soll ich nur mit dir machen? Was für ein Mädchen möchte schon so einen Schwachkopf heiraten?«

»Mama, ich habe schon eine Braut!« rief Lemel. »Sie heißt Zipe und hat lange Backen und rote Zöpfe.«

Ein paar Tage später unterzeichneten Lemel und Zipe ihren Verlobungsvertrag. Da sie nicht einmal ihre Namen schreiben konnten, unterzeichnete Lemel mit drei Punkten und Zipe mit drei Strichen. Zipe bekam zweihundert Gulden Mitgift. Doch da Lemel keine Ahnung von Geld hatte und eine Banknote nicht von der anderen unterscheiden konnte, wickelte Zipes Vater die Fünfguldenscheine in weißes Papier und die Zehnguldenscheine in blaues Papier. Außerdem bekam Lemel eine silberne Uhr, aber da er keine

Zahlen lesen konnte, hielt er jedesmal, wenn er wissen wollte, wie spät es war, jemanden auf der Straße an und fragte: »Wieviel Uhr ist es?« Wobei er immer hinzufügte: »Ich kann es nicht erkennen, weil ich meine Brille verloren habe.« Seine Mutter hatte ihm beigebracht, diese Ausrede zu benützen.

Als der Tag der Hochzeit kam, begann Zipe bitterlich zu weinen. Ihre Mutter fragte: »Zipe, warum weinst du?«

Und Zipe gab zur Antwort: »Ich schäme mich, einen Fremden zu heiraten.«

Die Mutter sagte: »Ich habe auch einen Fremden geheiratet. Aber nach der Hochzeit kommen sich Mann und Frau näher und sind sich nicht mehr fremd.«

Doch Zipe widersprach: »Du, Mama, hast Papa geheiratet, aber ich muß einen völlig fremden Mann heiraten.«

Die Mutter sagte: »Zipe, du bist eine große Närrin, aber dein Bräutigam ist genauso ein Narr, und zusammen werdet ihr, so Gott will, zwei glückliche Narren.«

Nach längerem Hin und Her ließ sich Zipe zum Traubaldachin führen.

Einige Zeit nach der Hochzeit sagte Zipes Vater zu seinem Schwiegersohn: »Lemel, dein Vater ist Kaufmann, ich bin Kaufmann, und du sollst auch Kaufmann werden. Ich habe dir eine Mitgift gegeben. Nimm sie und fang damit ein Geschäft an.«

»Was ist ein Kaufmann?« fragte Lemel, und sein Schwiegervater sagte: »Ein Kaufmann ist jemand, der billig einkauft und teuer verkauft. Auf diese Weise macht er einen Gewinn. Nimm die Mitgift und fahr nach Lublin, und wenn du dort günstige Ware entdeckst, kauf sie so billig wie möglich ein. Dann komm zurück und verkauf sie zu einem hohen Preis.« Lemel tat, wie sein Schwiegervater ihm geheißen. Zipe gab ihm für unterwegs ein in Kohlblätter eingewickeltes Huhn mit. Auf der Fahrt wurde Lemel hungrig und wollte das Huhn essen, aber es war roh. Zipes Mutter hatte gesagt, sie solle ihrem Mann ein Huhn mitgeben, aber da sie nichts vom Kochen gesagt hatte, hatte Zipe Lemel ein rohes Huhn mitgegeben.

Lemel kehrte in einem Wirtshaus ein. Er hatte großen Hunger. Er wurde gefragt, was er essen wolle, und der sagte: »Gebt mir alles, was ihr habt, und ich werde essen, bis ich satt bin.« Gesagt, getan. Erst gaben sie ihm ein Glas Wein, dann noch eines; dann eine Vorspeise aus Kutteln und Kalbsfuß. Die aß Lemel mit einem großen Stück Brot und Meerrettich. Dann trugen sie eine Schüssel Nudelsuppe auf. Nachdem Lemel sie aufgegessen hatte, bestellte er eine zweite. Dann setzten sie Lemel eine riesige Portion Fleisch mit

Grütze, Kohl, Kartoffeln und Karotten vor. Lemel aß alles auf und war noch immer hungrig. Als nächstes brachten sie ihm Kompott aus gedörrten Zwetschgen, Äpfeln, Birnen und Rosinen. Lemel schlang es hinunter, aber noch immer war sein Hunger nicht gestillt. Als letztes trugen sie Tee, Biskuit-Torte und Honigkuchen auf. Lemel trank den Tee und aß den Kuchen, doch noch immer verspürte er nagenden Hunger. Der Gastwirt sagte: »Ich hoffe, daß du jetzt satt bist.«

Aber Lemel antwortete: »Nein, ich habe noch immer Hunger.« Der Gastwirt holte ein Plätzchen aus dem Schrank und sagte: »Versuch's damit.«

Lemel aß das Plätzchen und fühlte sich sofort gesättigt. Er sagte: »Jetzt bin ich satt. Hätte ich gewußt, daß man von einem Plätzchen satt werden kann, hätte ich nicht all die anderen Gerichte bestellt.«

Da erkannte der Gastwirt, daß er es mit einem Einfaltspinsel zu tun hatte. Und da er ein Gauner war, sagte er: »Dafür ist es jetzt zu spät. Aber solltest du je wiederkommen, werde ich dir gleich so ein Plätzchen geben, so daß du dir die anderen Gerichte sparen kannst. Und jetzt sei so gut und bezahl dein Essen.«

Lemel zog aus seinem Geldbeutel die Banknoten, die in weißes Papier gewickelt waren, und die, die in blaues Papier gewickelt waren, und sagte: »In einem Papier stecken die Fünfgulden-

scheine und im anderen die Zehnguldenscheine, aber ich weiß nicht mehr, welche welche sind.«

Der Gastwirt wickelte die beiden Päckchen auf und behauptete – wie bei einem Schwindler nicht anders zu erwarten –, die Zehnguldenscheine seien Fünfguldenscheine. Außerdem betrog er Lemel mit dem Wechselgeld.

In Lublin ging Lemel von Geschäft zu Geschäft auf der Suche nach günstiger Ware, aber er konnte einfach nichts finden. Als er nachts im Bett lag, begann Lemel über das wundersame Plätzchen nachzudenken, das einen auf der Stelle satt machte. »Wenn ich wüßte, wie man solche Plätzchen bäckt, könnte ich reich werden«, sagte Lemel zu sich selbst. »Es gibt nicht genug zu essen in Chelm, die Leute haben Hunger, und alle würden sich auf dieses Plätzchen stürzen.« Er selbst verspürte, nachdem er dieses Plätzchen gegessen hatte, fast zwanzig Stunden lang keinen Hunger mehr.

Am nächsten Tag machte sich Lemel auf den Nachhauseweg und kehrte im selben Wirtshaus ein. Er bestellte das wundersame Plätzchen, aber der Gastwirt sagte: »Gerade habe ich das letzte einem Gast gegeben. Aber ich kann dir das Rezept verkaufen. Glaub mir, wenn du diese Plätzchen in Chelm bäckst, kannst du sie mit großem Gewinn verkaufen und wirst reich werden wie Rothschild.«

»Und was soll das Rezept kosten?«

Der Gastwirt nannte einen hohen Preis, aber Lemel war überzeugt, daß er, wenn er solche Plätzchen buk, das Geld schnell wieder hereinbekommen und außerdem noch einen großen Gewinn machen würde. Also kaufte er das Rezept. Nachdem der Gastwirt gesehen hatte, daß Lemel weder lesen noch schreiben konnte und noch nicht einmal den Wert von Geldscheinen kannte, dachte er sich folgendes Rezept aus:

'Man nehme drei Liter Entenmilch, fünf Pfund Eisenmehl, zwei Pfund Schneekäse, ein Pfund Fett, ein halbes Pfund Federn von einer roten Krähe und ein Viertelpfund Kupfersaft. Alles in einen Topf aus Wachs geben und es drei Tage und drei Nächte über dem Feuer eines Kartoffelbaumes kochen. Nach drei Tagen einen Teig aus der Mischung kneten, die Plätzchen mit einem Messer aus Butter ausschneiden und in einem Ofen aus Eis backen, bis sie rot, braun und gelb werden. Dann noch ein Loch graben, das ganze Zeug hineinschütten und darüber ein Schild anbringen mit der Aufschrift:

Wenn man einen Narren
auf den Markt schickt,
freuen sich die Händler.

Nachdem Lemel für sein Essen und das Rezept bezahlt hatte, blieb ihm kaum noch genug Geld für die Heimfahrt. Aber er war zufrieden mit dem guten Geschäft, das er gemacht hatte. Als er nach Hause kam, erzählte er Zipe von dem wundersamen Plätzchen, und sie klatschte in die Hände und tanzte. Aber die Freude währte nicht lange. Als Lemels Schwiegervater nach Hause kam und das Rezept las, wurde er wütend und brüllte: »Lemel, man hat dich betrogen!«

Zipe begann zu weinen. Und Zipes Mutter weinte mit ihr. Nach einer Weile sagte Lemel: »Der ganze Ärger kommt daher, daß ich nicht lesen kann. Ich muß lesen lernen, je schneller, desto besser.«

»Ja, mein Sohn«, sagte Zipes Vater. »Ein Kaufmann muß lesen und schreiben können.«

Da es im Dorf keine Lehrer gab, beschloß Lemel, nach Lublin zu gehen, um lesen zu lernen. Wieder gab ihm sein Schwiegervater Geld für die Fahrt und für den Unterricht. In Lublin ging Lemel los, um sich einen Lehrer zu suchen. Er kam an einem Laden vorüber, in dessen Schaufenster Brillen lagen. Er warf einen Blick ins Innere und sah, wie ein Kunde eine Brille aufsetzte und in ein Buch schaute, während der Ladeninhaber fragte: »Kannst du jetzt lesen?«

»Ja, jetzt kann ich gut lesen«, sagte der Kunde.

Lemel dachte im stillen: Wenn es genügt, eine

Brille aufzusetzen, um lesen zu können, wozu brauche ich dann einen Lehrer?

Lemel war nicht aufs Lernen erpicht. Er sehnte sich nach Hause und nach Zipe.

Er betrat das Geschäft und sagte zum Inhaber: »Gib mir eine Brille, damit ich lesen kann.«

Der Mann fragte ihn, wie stark die Brillengläser gewesen seien, die er bisher getragen habe, und Lemel sagte: »Ich habe keine Ahnung, laß sie mich ausprobieren«

Der Mann reichte ihm eine Brille und legte ihm ein offenes Buch hin.

Lemel blickte in das Buch und sagte: »Ich kann nicht lesen.«

»Ich gebe dir eine stärkere Brille«, sagte der Mann.

Lemel probierte die zweite Brille aus und sagte: »Ich kann immer noch nicht lesen.«

Der Mann brachte ihm eine Menge unterschiedlicher Brillen zum Ausprobieren, aber Lemel gab immer dieselbe Antwort – er könne immer noch nicht lesen.

Nach einer Weile sagte der Mann: »Verzeih mir, aber kann es sein, daß du überhaupt nicht lesen kannst?«

»Wenn ich lesen könnte, dann wär ich doch wohl nicht hierhergekommen«, antwortete Lemel.

»In diesem Fall mußt du erst zu einem Lehrer gehen und lesen lernen. Du kannst nicht lesen lernen, indem du einfach nur eine Brille aufsetzt«, sagte der Geschäftsinhaber.

Diese Antwort stimmte Lemel traurig. Er hatte fest damit gerechnet, die Brille aufzusetzen und nach Hause fahren zu können. Nach einer Weile fand Lemel, daß er es nicht länger ohne Zipe aushalten konnte. Sie fehlte ihm schrecklich.

Er machte sich auf die Suche nach einem Lehrer, nicht so sehr, um lesen zu lernen, sondern weil der Lehrer für ihn einen Brief nach Hause schreiben sollte. Bald fand er einen. Als Lemel fragte, wie lange es dauern würde, lesen zu lernen, sagte der Lehrer: »Es kann ein Jahr dauern, mindestens aber ein halbes Jahr.«

Lemel wurde sehr traurig. Er sagte zu dem Lehrer: »Kannst du einen Brief für mich schreiben, ich möchte meiner Zipe einen Brief schicken.«

»Ja, ich kann einen Brief für dich schreiben. Sag mir, was ich schreiben soll.«

Und Lemel begann zu diktieren:

Liebe Zipe,

ich bin schon in Lublin. Ich dachte, wenn man eine Brille aufsetzt, könnte man lesen, aber der Mann im Laden sagte, daß eine Brille da auch nicht hilft. Der Lehrer sagt, es würde ein halbes Jahr oder ein ganzes dauern, mir das Lesen beizubringen, und ich müßte die ganze Zeit hier in Lublin bleiben. Liebes Zipele, ich liebe Dich so sehr, daß ich vor Sehnsucht sterbe, wenn ich nur einen Tag von Dir fort bin. Wenn ich ein halbes Jahr ohne Dich bin, muß ich vielleicht hundert Mal oder noch öfter sterben. Deshalb habe ich beschlossen, nach Hause zu kommen, wenn es meinem Schwiegervater, Deinem Vater, recht ist. Ich hoffe, daß ich eine Arbeit finde, bei der ich nicht lesen oder schreiben muß.

Voller Sehnsucht
Dein Lemel

Als Zipe diesen Brief bekam und ihr Vater ihn ihr vorlas, brach sie in Tränen aus und diktierte folgenden Brief an Lemel:

Lieber Lemel,

wenn Du mich einen Tag nicht siehst, mußt Du sterben, aber wenn ich Dich eine Minute lang nicht sehe, werde ich verrückt. Ja, mein lieber Lemel, komm zurück. Ich brauche keinen Schreiberling, sondern einen guten Mann und später ein Haus voller Kinder – sechs Jungen und sechs Mädchen. Vater wird schon irgendeine Arbeit für Dich finden. Warte nicht länger, sondern komm schnell nach Hause, wenn Du tot zurückkommst und mich verrückt hier vorfindest, wäre das für keinen von uns gut.

Deine treue Zipe

Als ihm der Lehrer Zipes Brief vorlas, brach Lemel in Tränen aus. Noch am selben Tag machte er sich auf den Heimweg. Bevor er in Lublin in die Kutsche stieg, ging er auf den Markt, um ein Geschenk für Zipe zu kaufen. Er ging in ein Spiegelgeschäft, in der Absicht, ihr einen Spiegel zu kaufen. Dabei erzählte er dem Händler alles, was ihm widerfahren war. Wie man ihn mit den Plätzchen betrogen hatte und daß es ihm nicht gelungen war, mit Hilfe einer Brille das Lesen zu lernen.

Der Händler aber war ein Schelm und obendrein ein unredlicher Mensch. Er sagte: »Solche Leute wie dich, Lemel, und deine Frau Zipe sollte es viele geben. Ich habe einen Zaubertrank, wenn du den trinkst, dann werden aus dir zwei, drei, vier. Wie würde es dir gefallen, wenn es zehn Lemels und zehn Zipes gäbe, die alle einander lieben? Ein Lemel und eine Zipe könnten den lieben langen Tag zu Hause bleiben, ein anderes Paar könnte zum Einkaufen auf den Markt gehen, ein drittes könnte spazierengehen, ein viertes Plinsen mit Sauerrahm essen, und das fünfte Paar könnte nach Lublin gehen und lesen und schreiben lernen.«

»Aber wie ist das möglich?« fragte Lemel.

»Trink davon, dann wirst du's schon sehen.«

Der Händler gab Lemel ein Glas pures Wasser und wies ihn an, nur einen Tropfen davon zu trinken. Dann führte er Lemel in einen Raum, in dem zwei Spiegel – der eine etwas schief – einander gegenüberhingen.

Als Lemel in den Raum trat, sah er im Spiegel nicht nur einen Lemel, sondern eine ganze Reihe Lemels. Er ging zu dem anderen Spiegel hinüber, und auch da waren viele Lemels.

Der Händler stand an der Tür und sagte: »Nun, habe ich dich angelogen?«

»Oh, ich trau meinen eigenen Augen nicht!« rief Lemel aus. »Wieviel kostet dieser Trank?«

»Er ist sehr teuer«, sagte der Geschäftsmann, »aber für dich mache ich ihn billig. Gib mir all dein Geld bis auf das Fahrgeld für die Heimfahrt.

Da hast du wirklich ein unglaublich gutes Geschäft gemacht.«

Lemel bezahlte auf der Stelle, und der Kaufmann gab ihm eine große Flasche mit Wasser. Er sagte: »Du und deine Zipe, ihr braucht nur einen Tropfen am Tag zu trinken. Diese Flasche wird euch Jahre reichen. Wenn sie aufgebraucht ist, kannst du jederzeit nach Lublin kommen, und ich fülle sie dir umsonst auf. Warte, ich gebe dir noch eine schriftliche Garantie.«

Der Mann zog ein Blatt Papier hervor und schrieb darauf: »Gott liebt die Narren. Deshalb hat Er auch so viele geschaffen.« Als Lemel nach Hause kam und sein Schwiegervater die Flasche Wasser sah und den Zettel las, wurde ihm klar, daß man Lemel wieder betrogen hatte.

Doch als Lemel Zipe wiedersah, war seine Freude so übergroß, daß er all seinen Ärger vergaß. Er küßte und umhalste sie und rief: »Ich brauche nicht viele Zipes. Eine Zipe genügt mir, auch wenn ich tausend Jahre alt werden sollte!«

»Und ich brauche nicht viele Lemels. Einer genügt mir, selbst wenn ich eine Million Jahre alt werden sollte!« rief Zipe.

Zugegeben, Lemel und Zipe waren beide Narren, aber sie hatten mehr Liebe als alle Weisen zusammen. Nach einiger Zeit kaufte Lemel ein Pferd und einen Wagen und wurde Kutscher. Dafür mußte er nicht lesen und schreiben können. Er beförderte Fahrgäste nach Chelm und zurück, und jedermann schätzte ihn wegen seiner Zuverlässigkeit, seiner Freundlichkeit und der liebevollen Art, mit seinem Pferd umzugehen. Zipe bekam Kinder und schenkte Lemel sechs Jungen und sechs Mädchen. Die Jungen schlugen Zipe nach, die Mädchen Lemel, und alle wurden gutmütige Narren und fanden Ehegefährten in Chelm. Lemel und Zipe lebten glücklich bis ins hohe Alter und erfreuten sich noch einer ganzen Sippschaft von Enkeln, Urenkeln und Ururenkeln.

Wie Schlemihl Geschäfte machte

Schlemihl, der in Chelm lebte, war nicht immer ein Stubenhocker gewesen. Und es gab eine Zeit, da hatte seine Frau kein Gemüse auf dem Markt verkauft. Frau Schlemihls Vater war ein vermögender Mann, und als seine Tochter den Schlemihl heiratete, da gab er ihr einen guten Batzen Heiratsgeld.

Kurz nach der Hochzeit beschloß Schlemihl, die Mitgift zu benützen, um ins Geschäft zu kommen. Er hatte gehört, daß man in Lublin billig Ziegen kaufen konnte. So ging er dorthin, um eine zu kaufen. Es sollte eine Milchziege sein. Aus der Milch wollte er Käse machen und den Käse dann verkaufen.

Ein Viehhändler bot ihm eine Ziege an, deren Euter prall mit Milch gefüllt war. Schlemihl zahlte ihm die fünf Gulden, die er dafür verlangte, band der Ziege einen Strick um den Hals und führte sie heim nach Chelm.

Auf dem Heimweg kehrte er in Piask ein. Das Dorf war bekannt für seine Diebe und Betrüger, aber Schlemihl wußte das nicht. Er ging in ein

Wirtshaus, um zu essen. Die Ziege ließ er draußen auf dem Hof an einen Baum gebunden zurück.

Er bestellte süßen Branntwein, als Vorspeise gehackte Leber mit Zwiebeln, einen Teller Hühnersuppe mit Nudeln und Tee mit Honigkuchen als Nachspeise – das war er sich als erfolgreicher Geschäftsmann schuldig. Es dauerte nicht lange, da tat der Branntwein seine Wirkung. Vor dem Gastwirt prahlte Schlemihl mit dem prächtigen Tier, das er in Lublin erstanden hatte.

»Hab ich vielleicht ein Geschäft gemacht!« verkündete er. »Eine junge, gesunde Ziege. Das wird eine Milchziege, sag ich euch.«

Wie's der Teufel will, war der Gastwirt ein ausgemachter Piasker Betrüger. Er besaß einen alten Geißbock, der war auf einem Auge blind, hatte einen langen, weißen Bart und ein abgebrochenes Horn. Nur die Tatsache, daß er so abgemagert und ausgemergelt war, bewahrte ihn vor dem Schlachter. Der Wirt hörte sich Schlemihls Loblied auf seine neue Ziege an, dann ging er auf den Hof hinaus und vertauschte Schlemihls junges Tier mit seinem alten Geißbock. Schlemihl war so vertieft in seine geschäftlichen Pläne, daß er gar nichts merkte, als er das Tier losband.

Weil das nun Schlemihls erste geschäftliche Unternehmung war, wartete die ganze Familie ungeduldig darauf, das Tier zu sehen, das er aus der großen Stadt heimbringen sollte. Alle waren sie in Schlemihls Haus versammelt: seine Schwiegereltern, seine Schwager und Schwägerinnen, auch Freunde und Nachbarn. Als Schlemihl schließlich ankam, rannten sie alle zur Begrüßung auf den Hof hinaus. Er hatte noch nicht einmal das Tor geöffnet, da pries Schlemihl schon die Vorzüge seines unübertrefflichen Handels – die Stärke der Ziege, ihr volles Euter.

Als der alte Geißbock hinter ihm durch das Tor gehumpelt kam, herrschte große Bestürzung. Sprachlos raufte sich der Schwiegervater den Bart. Und die Schwiegermutter war wie vom Donner gerührt. Die jungen Männer lachten lauthals, und die jungen Frauen kicherten. Der Schwiegervater war der erste, der etwas sagte: »Das nennst du eine junge Ziege? Ein halbverreckter alter Geißbock ist das!«

Zuerst wehrte sich Schlemihl noch heftig, aber dann schaute er sich zum ersten Mal das Tier so richtig an, das er da mit nach Hause gebracht hatte.

Als er den alten, klapprigen Geißbock sah, schlug er sich den Kopf mit Fäusten. Er war überzeugt, daß ihn der Viehhändler hinters Licht geführt hatte, obgleich er sich nicht denken konnte, wann er das getan haben mochte. Schlemihl war so wütend, daß er sich nach einer schlaflosen Nacht auf den Weg nach Lublin machte. Er wollte den Bock zurückgeben und dem Händler ganz gehörig die Meinung sagen.

In Piask kehrte er wieder im Gasthaus ein. Er erzählte dem Wirt, daß er in Lublin übers Ohr gehauen worden sei und daß er die richtige Ziege oder sein Geld zurückhaben wolle. Wenn ihn der Händler nicht zufriedenstelle, werde er die Polizei rufen. Der Gastwirt hatte schon mehr als einmal Scherereien mit der Polizei gehabt. Es war ihm klar, daß eine mögliche Untersuchung auf seine Spur führen mußte, und das war das letzte, was er sich wünschte.

Als Schlemihl sich so heftig über den Lubliner Viehhändler beklagte, da sagte der Gastwirt mitfühlend: »O ja, man weiß ja, was für Betrüger die Lubliner Händler sind. Sei nur wachsam, sonst beschwindelt man dich auch noch ein zweites Mal.«

Bald darauf – Schlemihl war mit Essen beschäftigt – ging der Wirt auf den Hof und vertauschte seinen alten Geißbock wieder mit der jungen Ziege. Als Schlemihl aufbrach, war er so sehr damit beschäftigt, sich vorzustellen, was er dem Viehhändler sagen wollte, daß er das Tier wieder kaum beachtete, das er da führte.

Schlemihl kam bei dem Händler an und bedrohte und beschimpfte ihn wüst. Der erstaunte Mann machte ihm klar, daß die Ziege, die Schlemihl zurückbrachte, wirklich jung war und

pralle Euter hatte. Schlemihl schaute sich die Ziege an und war sprachlos. Als er sich schließlich wieder gefaßt hatte, meinte er: »Ich kann nur sagen, ich muß Gespenster sehen.« Er entschuldigte sich ein ums andere Mal, nahm die Ziege und machte sich auf den Weg nach Chelm. Wie üblich kehrte er wieder im Piasker Wirtshaus ein. Er bestellte Brathuhn und Knödel. Und weil er den schließlich doch noch guten Handel feiern wollte, ließ er auch noch süßen Branntwein bringen. Der Wirt – unverbesserlicher Betrüger, der er war – ließ ein so leichtgläubiges Opfer doch nicht ungeschoren davonkommen. Er ließ Schlemihl noch ein zweites Glas auf seine Kosten bringen, dann ging er auf den Hof und vertauschte die Ziegen wieder.

Es dämmerte schon, als Schlemihl das Gasthaus verließ. Diesmal war er ein bißchen betrunken, und weil er beschickert war, sah er sich das Tier, das er losband und heimführte, überhaupt nicht an.

Als Schlemihl nun das zweite Mal einen alten Geißbock statt einer jungen Ziege nach Chelm brachte, da war die Hölle los. Wie ein Lauffeuer verbreitete sich die Sache. Das ganze Dorf war erschreckt und verwirrt. Man brachte die Angelegenheit sogleich vor den Ältestenrat, und dieser steckte bedachtsam sieben Tage und sieben Nächte die Köpfe zusammen. Endlich kamen die Ältesten zu dem Ergebnis: Wenn man eine Ziege von Lublin nach Chelm bringen will, verwandelt sie sich unterwegs in einen alten Geißbock. Sie erließen daher ein Gesetz, das es den Einwohnern von Chelm bei Strafe verbot, Ziegen aus Lublin einzuführen. Der alte Geißbock starb bald, und Schlemihl hatte ein Drittel der Mitgift seiner Frau verloren.

Nachdem Schlemihls Lubliner Geschäfte so arg danebengegangen waren, versuchte er sein Glück in Lemberg. Kaum war er in der Stadt angekommen und hatte es sich in der Kammer eines Gasthauses bequem gemacht, da hörte er ein fürchterliches Geschrei und den durchdringenden schrillen Ton einer Trompete. Er rief nach dem Hausknecht, um die Ursache des Tumultes zu erfahren. Man sagte ihm, daß ein Haus gegenüber brenne und daß die Feuerwehr schon eingetroffen sei. Schlemihl hätte sich die Feuersbrunst vielleicht angeschaut, aber von der langen Reise taten ihm die Knochen weh. Nachdem man ihm versichert hatte, daß dem Gasthaus keine Gefahr drohe und das Feuer schon fast gelöscht sei, schlummerte er ein.

Kaum war er aufgewacht, ging er in den Gastraum hinunter und fragte einen der Gäste, wie denn das Feuer ausgebrochen sei und wie lange man zum Löschen gebraucht habe.

»War's denn schon damit getan, daß einer nur die Trompete geblasen hat?« wollte er wissen.

Wie's der Teufel will, war der Mann, den Schlemihl gefragt hatte, einer der verschlagensten Lemberger Diebe. Und Schlemihls Frage kam dem gerissenen Burschen gerade recht. »Ja«, antwortete er. »Hier in Lemberg haben wir eine Trompete, die löscht dir jedes Feuer. Man muß sie nur blasen, und das Feuer geht aus.«

Schlemihl blieb der Mund offen stehen vor Staunen. Von vielen Lemberger Wundern hatte er schon reden hören, aber von einer feuerlöschenden Trompete noch nie. Sogleich fiel ihm ein, was für eine Quelle des Reichtums so eine Tompete in einer Stadt wie Chelm sein mußte, wo die Häuser aus Holz gebaut waren und Strohdächer hatten.

»Wieviel soll so eine Trompete kosten?« fragte Schlemihl.

»Zweihundert Gulden«, antwortete der Mann.

Zweihundert Gulden war viel Geld und fast soviel wie das, was von Frau Schlemihls Heiratsgeld noch übriggeblieben war. Aber als Schlemihl so hin und her überlegte, fand er, daß eine solche Trompete ihr Geld mehr als wert war. In Chelm brannte es oft, besonders im Sommer. Häuser und ganze Straßenzüge lagen dann in Schutt und Asche. Sie hatten zwar ein paar Feuerwehrmänner in Chelm, aber ihre ganze Ausrüstung bestand aus einer einzigen Feuerspritze, die von einem müden, alten Gaul gezogen wurde. Wenn der Wagen mit dem Wasserfaß ankam, war gewöhnlich schon alles abgebrannt. Schlemihl hatte nicht den leisesten Zweifel, daß man mit einer feuerlöschenden Trompete sein Glück machen konnte. Er sagte dem Mann, daß er gern eine solche Trompete kaufen wollte, und der andere war nur zu gern bereit, eine zu beschaffen. Es dauerte nicht lange, da brachte er die

Trompete mit einer schriftlichen Bestätigung, daß sie jedes Feuer lösche, wenn man sie nur blase.

Schlemihl war überglücklich. Diesmal war er felsenfest davon überzeugt, auf dem rechten Weg zum großen Glück zu sein.

Daheim in Chelm prahlte Schlemihl vor seiner Familie und den Nachbarn mit dem staunenswerten Instrument, das er aus Lemberg mitgebracht hatte. Die Sache wurde schnell bekannt, und bald war Chelm in zwei Lager geteilt. Die einen glaubten an die Kraft der Trompete, und die anderen behaupteten, Schlemihl sei wieder einmal übers Ohr gehauen worden. Sicherlich wäre die Angelegenheit vor den Ältestenrat gekommen, aber es war Sommer, und die Ältesten tagten nicht.

Schlemihls Schwiegervater war einer von denen, die von der Sache mit der Trompete nichts hielten. »Bloß eine andere Art von Geißbock, sonst nichts«, knurrte er. Schlemihl war so sehr darauf erpicht, die Fähigkeit seiner Trompete vorzuführen, daß er beschloß, das Haus seines Schwiegervaters in Brand zu stecken. Ehe wirklicher Schaden entstehen konnte, wollte er das Feuer natürlich mit seiner Trompete ausblasen.

Seines Schwiegervaters Haus war alt und trocken. Schnell wie Zunder brannte das Feuer. Schlemihl blies seine Trompete, bis er nicht mehr blasen konnte, aber siehe da, das Haus brannte lichterloh weiter.

Die Familie konnte sich retten, aber ihr Hab und Gut ging verloren.

Obwohl es Sommer war, wurde sogleich eine Notsitzung der Dorfältesten einberufen. Die Ältesten wälzten das Problem sieben Tage und sieben Nächte, dann kamen sie zu dem Schluß: Eine Trompete, die in Lemberg Feuer löschen kann, versagt aus unbekannten Gründen in Chelm. Gronam Ochs legte ein Gesetz vor, das die Einfuhr feuerlöschender Trompeten von Lemberg nach Chelm verbieten sollte. Das Gesetz wurde einstimmig angenommen, und Feiwel Blödel brachte es ordnungsgemäß zu Papier.

Schlemihl hatte die Mitgift seiner Frau verschleudert und das Haus seines Schwiegervaters niedergebrannt. Dennoch weigerte er sich hartnäckig, seine Vorstellung aufzugeben, er müsse unbedingt Geschäfte machen. In Lublin und in Lemberg war er auf keinen grünen Zweig gekommen, also wollte Schlemihl es in Chelm selbst versuchen.

In Chelm braute man süßen Branntwein, Schlemihls liebstes Getränk. Er beschloß, ein Faß zu kaufen. Zu drei Groschen das Glas wollte er den Branntwein auf dem Markt anbieten. Er hatte sich drei Gulden Gewinn täglich ausgerechnet, wenn er jeden Tag ein Faß verkaufte. Diesmal war Frau Schlemihl fest entschlossen, ihrem Mann zu helfen. Es war zwar nicht einmal genug Geld übrig, um den Weinhändler zu bezahlen, aber sie trug ein Schmuckstück ins Pfandhaus, und so konnten sie den Branntwein kaufen.

Am nächsten Tag bauten sie sich auf dem Marktplatz einen kleinen Stand auf und stellten das Faß und ein paar Gläser darauf. Dann versuchten sie, den Vorübergehenden ihr Getränk zu verhökern. »Süßer Branntwein! Das erfrischende und stärkende Getränk für jedermann! Drei Groschen das Glas! Einkaufen, nicht vorbeilaufen!«

Süßen Branntwein trank man gern in Chelm, aber drei Groschen für ein Glas, das war weiß Gott zuviel. Nur ein Kunde kaufte ein Glas. Er zahlte mit einer Dreigroschenmünze, und das war am frühen Morgen. Als sich nach einer Stunde immer noch kein weiterer Käufer fand, ließ Schlemihl allen Mut sinken. Er hatte sich so sehr aufgeregt, daß ihm ein Schluck Branntwein gut tun mochte. Schlemihl hielt seiner Frau die Dreigroschenmünze hin und sagte: »Mein Geld ist soviel wert wie anderer Leute Geld, oder etwa nicht? Hier hast du drei Groschen, verkauf mir ein Glas.«

Frau Schlemihl überlegte sich die Sache, dann sagte sie: »Du hast recht, Schlemihl. Geld ist Geld.« Und sie gab ihm ein Glas Branntwein. Schlemihl trank es aus und leckte sich die Lippen. Köstlich! Nach einer Weile wurde auch Frau Schlemihl durstig, und sie sagte zu ihrem Mann:

»Mein Dreigroschenstück ist auch drei Groschen wert, oder? Hier hast du mein Geld, verkauf mir ein Glas.«

Um die Geschichte kurz zu machen: Schlemihl und seine Frau becherten munter weiter. Den ganzen Tag wanderte die Münze zwischen den beiden hin und her. Als es dämmerte, war das Fäßchen beinahe geleert. Und als sie Kasse machten, den Verdienst des Tages zählen wollten, da fand sich nur ein einziges Dreigroschenstück.

Schlemihl und seine Frau zerbrachen sich den Kopf darüber, wo sie diesmal den Fehler gemacht hatten. Aber wie sie die Sache auch drehten und wendeten, sie kamen nicht dahinter. Fast ein ganzes Faß süßen Branntwein hatten sie gegen Barzahlung verkauft, aber Geld war keines zu sehen. Schlemihl war sicher, daß sich nicht einmal die Ältesten von Chelm erklären konnten, was mit dem Geld geschehen war, das er und seine Frau einander gegeben hatten.

So endeten Schlemihls Versuche, ins Geschäft zu kommen. Von da an saß Frau Schlemihl auf dem Marktplatz und verkaufte Gemüse. Was Schlemihl anging, der blieb zu Hause und versorgte die Kinder, die ihnen bald geboren wurden. Er fütterte auch die Hühner, die Frau Schlemihl unter der Ofenbank hielt.

Schlemihls Schwiegervater hatte sich so sehr über seinen Schwiegersohn geärgert, daß er nach

Lublin gezogen war. Das war das erste Mal in der Geschichte Chelms, daß jemand das Dorf ein für allemal verlassen hatte.

Obwohl Frau Schlemihl mit ihrem Mann schimpfte und zankte, bewunderte sie ihn immer noch. Schlemihl sagte später oft zu ihr: »Wenn die Lubliner Ziege sich nicht in einen Geißbock verwandelt hätte, und wenn die Trompete auch in Chelm Feuer gelöscht hätte, dann wäre ich jetzt der reichste Mann im Städtchen.«

Frau Schlemihl antwortete ihm dann: »Du magst ein armer Schlucker sein, Schlemihl, aber du bist sicherlich klug und weise. So gescheite Leute wie du sind rar, sogar in Chelm.«

Als Schlemihl nach Warschau ging

Obwohl Schlemihl ein Faulpelz war, eine Schlafmütze, und sich nicht gern bewegte, tagträumte er doch immer von einer Reise. Er hatte viele Geschichten von fernen Ländern gehört, von weiten Wüsten, tiefen Ozeanen und hohen Bergen. Und oft besprach er mit Frau Schlemihl seinen größten Wunsch, eine lange Reise zu unternehmen. Frau Schlemihl sagte ihm dann: »Lange Reisen sind nichts für einen Schlemihl. Du bleibst besser daheim und paßt auf die Kinder auf, wenn ich auf dem Markt mein Gemüse verkaufe.« Und doch konnte Schlemihl seinen Traum nicht lassen, die Welt zu sehen und ihre Wunder. Neulich hatte ihm einer wunderbare Dinge von der Stadt Warschau erzählt. Wie schön die Straßen seien, wie hoch die Häuser und wie prächtig die Geschäfte.

Ein für allemal beschloß Schlemihl, daß er die große Stadt selber sehen mußte. Er wußte, daß man für eine Reise Vorbereitungen zu treffen hatte. Aber was konnte er schon mitnehmen? Er hatte nichts als die alten Kleider, die er trug.

Eines Morgens, nachdem Frau Schlemihl auf den Markt gegangen war, sagte er den älteren Buben, sie sollten heute nicht in die Schule gehen, sondern auf die kleinen Geschwister aufpassen. Dann nahm er ein paar Scheiben Brot, eine Zwiebel und eine Knoblauchzehe, legte alles in ein Taschentuch, verschnürte es zu einem Bündel und machte sich auf den Weg nach Warschau.

In Chelm gab es eine Warschauer Straße, und Schlemihl glaubte, daß sie geradewegs nach Warschau führte. Noch im Städtchen hielten ihn ein paar Nachbarn an und wollten wissen, wohin er ginge. Schlemihl sagte ihnen, daß er auf dem Weg nach Warschau sei.

»Was willst du in Warschau?« fragten sie ihn.

»Na, was will ich in Chelm? Nichts!« antwortete ihnen Schlemihl.

Bald lag das Städtchen hinter ihm, und er lief zwischen Wiesen und Feldern. Er ging langsam, weil seine Schuhsohlen durchgelaufen waren. An einem Bauern kam er vorbei, der mit einem Ochsen pflügte. Nachdem er ein paar Stunden gelaufen war, wurde Schlemihl müde. Er war so müde und matt, daß er nicht einmal den Hunger spürte. Im Gras neben der Straße legte er sich zu einem Nickerchen hin. Aber bevor er einschlief, überlegte er: Wenn ich aufwache, könnte es vielleicht sein, daß ich nicht mehr weiß, in welcher Richtung es nach Warschau geht und in welcher

zurück nach Chelm. Nachdem er eine Weile gegrübelt hatte, stellte er seine Stiefel so, daß sie mit den Spitzen nach Warschau zeigten und mit den Absätzen nach Chelm. Sobald er eingeschlafen war, träumte er, er sei ein Bäcker, der Zwiebelwecken mit Mohnsamen bestreute. Und wenn Kundschaft kam, sagte Schlemihl: »Die Zwiebelwecken kann man nicht kaufen.«

»Warum bäckst du sie dann?«

»Die sind für meine Frau, für meine Kinder und für mich.«

Später träumte er, er sei der König von Chelm. Einmal im Jahr brachten ihm die Leute statt Steuern einen Topf Erdbeermarmelade. Schlemihl saß auf einem goldenen Thron, neben ihm saßen Frau Schlemihl, die Königin, und seine

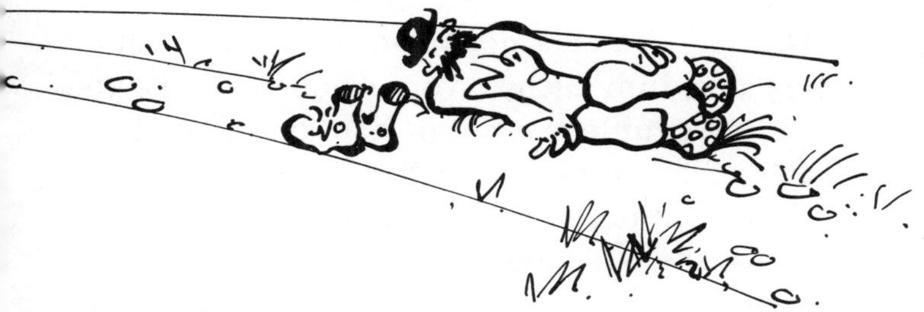

Kinder, die Prinzen und Prinzessinnen. Sie alle mampften Zwiebelwecken und löffelten dazu Erdbeermarmelade. Eine Kutsche kam und brachte sie nach Warschau, Amerika und zum Sambation, einem Fluß, der die Woche über Steine ausspuckt wie ein Vulkan und nur am Sabbat ruht.

Nahe bei der Straße stand eine Schmiede. Der Schmied kam gerade aus dem Haus, als Schlemihl seine Stiefel sorgfältig in Richtung Warschau stellte. Der Schmied war ein Witzbold. Sobald Schlemihl eingeschlafen war, schlich er auf Zehenspitzen zu ihm hin und drehte die Stiefel herum.

Als Schlemihl aufwachte, fühlte er sich ausgeruht, aber hungrig. Er nahm ein Stück Brot aus seinem Bündel, rieb es mit Knoblauch ein und biß von der Zwiebel ab. Dann zog er seine Stiefel an und machte sich wieder auf den Weg.

Alles kam ihm so merkwürdig bekannt vor. Er sah Häuser, die er schon früher gesehen hatte. Und es kam ihm auch so vor, als ob er die Leute kannte, die er unterwegs traf. Ist es denn möglich, daß ich schon in einer anderen Stadt angekommen bin? wunderte sich Schlemihl. Und warum schaut sie aus wie Chelm? Er hielt jemanden an und fragte nach dem Namen der Stadt. »Chelm«, antwortete der Mann.

Schlemihl wunderte sich. Wie war das nur möglich? Er war doch von Chelm weggegangen. Er rieb sich die Stirn, und bald hatte er des Rätsels Lösung. Es mußte zwei Chelm geben, und er war hier im zweiten.

Noch immer kam es ihm seltsam vor, daß die Straßen, Häuser und Leute dem Chelm so ähnlich waren, das er hinter sich gelassen hatte. Schlemihl rätselte lange herum, bis ihm etwas einfiel, das er in der Schule gelernt hatte: Die Erde ist überall die gleiche. Warum also sollte das zweite Chelm dem ersten nicht aufs Haar gleichen? Diese Entdeckung befriedigte ihn vollkommen.

Er war neugierig darauf, ob es hier auch eine Straße gab, die wie seine aussah, und ein Haus wie das, in dem er wohnte.

Und tatsächlich kam er bald in eine solche Straße und zu solch einem Haus. Er machte die Tür auf und staunte nicht schlecht: Da stand eine zweite Frau Schlemihl mit Kindern wie seine eigenen. Alles war genauso wie bei ihm zu Hause. Sogar die Katze schien die gleiche zu sein. Und Frau Schlemihl fing auch schon zu schimpfen an.

»Schlemihl, wo warst du? Du bist allein weggegangen. Und was hast du in dem Bündel da?«

Die Kinder umringten ihn und riefen: »Väterchen, wo warst du?«

Schlemihl sagte: »Frau Schlemihl, ich bin nicht Euer Mann. Kinder, ich bin nicht euer Väterchen.«

»Hast du den Verstand verloren?« kreischte Frau Schlemihl.

»Ich bin der Schlemihl vom ersten Chelm, und das hier ist das zweite Chelm.«

Frau Schlemihl schlug die Hände über dem Kopf zusammen, daß die Hühner, die unter dem Ofen hockten, aufstoben und wie wild durchs Zimmer flatterten.

»Kinderchen, euer Vater ist verrückt geworden«, jammerte sie und schickte einen der Buben nach Gimpel, dem Wunderdoktor.

Alle Nachbarn drängten herein. Schlemihl stand in der Mitte des Zimmers und verkündete: »Es ist wahr, ihr schaut aus wie die Leute in meiner Stadt, aber ihr seid es nicht. Ich komme vom ersten Chelm, und ihr wohnt im zweiten Chelm.«

»Schlemihl, was ist los mit dir?« rief jemand. »Du bist in deinem eigenen Haus, bei deiner Frau und deinen Kindern. Wir sind deine Freunde und Nachbarn.«

»Nein, ihr versteht das nicht. Ich komme aus dem ersten Chelm. Ich war auf dem Weg nach Warschau, und zwischen dem ersten Chelm und Warschau, da liegt das zweite Chelm. Und da bin ich jetzt.«

»Was quasselst du? Wir alle kennen dich, und du kennst uns. Erkennst du denn deine Hühner nicht mehr?«

»Nein, ich bin nicht in meinem Städtchen«, beharrte Schlemihl. »Aber«, fuhr er fort, »im zweiten Chelm leben die gleichen Menschen und stehen die gleichen Häuser wie im ersten Chelm, und darum irrt ihr euch. Morgen gehe ich weiter nach Warschau.«

»Wenn das so ist, wo ist dann mein Mann?« schrie Frau Schlemihl wütend und beschimpfte Schlemihl mit allen Flüchen, die ihr einfielen.

»Woher soll ich wissen, wo Euer Mann ist?« antwortete Schlemihl.

Ein paar Nachbarn konnten sich das Lachen nicht mehr verkneifen, anderen tat die Familie leid. Gimpel der Wunderdoktor sagte, daß er gegen eine solche Krankheit kein Heilmittel wüßte. Nach einiger Zeit gingen alle nach Hause.

Frau Schlemihl hatte an diesem Abend Nudeln

mit Bohnen gekocht, ein Gericht, das Schlemihl besonders gern mochte.

Sie sagte zu ihm: »Du magst verrückt sein, aber auch ein Verrückter muß essen.«

»Warum gebt Ihr einem Fremden zu essen?« fragt Schlemihl.

»Recht hast du, ein Ochse wie du sollte Stroh fressen, aber nicht Nudeln mit Bohnen. Setz dich hin und sei still. Vielleicht kommst du wieder zu Verstand, wenn du etwas gegessen und ein bißchen geschlafen hast.«

»Frau Schlemihl, Ihr seid eine gute Frau. Meine Frau würde einem Fremden nichts zu essen geben. Es schaut doch so aus, als gäbe es kleine Unterschiede zwischen dem ersten und dem zweiten Chelm.«

Die Nudeln und die Bohnen dufteten so gut, daß man Schlemihl nicht länger gut zureden mußte. Er setzte sich hin, und während er aß, sagte er zu den Kindern: »Kinderchen, ich wohne in einem Haus, das schaut geradeso aus wie euer Haus, und ich habe eine Frau, die gleicht eurer Mutter wie zwei Erbsen einander gleichen. Meine Kinder ähneln euch wie ein Wassertropfen dem anderen.«

Die kleinen Kinder lachten, die älteren weinten. Frau Schlemihl sagte: »Als ob es nicht genug wäre, ein Schlemihl zu sein, er muß auch noch verrückt werden! Was mach ich nur! Ich kann ihn doch nicht mit den Kindern allein lassen, wenn ich auf den Markt gehe. Wer weiß, was ein Verrückter alles anstellt?« Sie stützte den Kopf in die Hände und jammerte: »Gott der Gerechte, womit habe ich das nur verdient?«

Trotzdem machte sie Schlemihl ein frisches Bett. Und obwohl er ja in der Nähe der Schmiede geschlafen hatte, schlummerte er sofort ein, und bald schnarchte er wie ein Bierkutscher. Wieder träumte er, er sei der König von Chelm. Seine Frau, die Königin, hatte ihm eine große Pfanne Plinsen gebacken. Ein paar waren mit Käse gefüllt, andere mit Heidelbeeren oder Kirschen, und alle waren mit Zimt und Zucker bestreut und mit saurem Rahm übergossen. Schlemihl aß zwanzig Plinsen auf einmal und versteckte den Rest unter der Krone für später.

Am Morgen, als Schlemihl aufwachte, war das Haus voller Leute. Frau Schlemihl stand mit rotgeweinten Augen unter ihnen. Schlemihl wollte seine Frau schon ausschimpfen, weil sie so viele fremde Leute ins Haus gelassen hatte, da fiel ihm ein, daß er hier ja selber ein Fremder war. Zu Hause wäre er aufgestanden, hätte sich gewaschen und angezogen, aber vor all den Leuten hier wußte er nicht recht, was er tun sollte. Wie immer, wenn er verwirrt war, kratzte er sich am Kopf und zupfte an seinem Bart. Schließlich überwand er seine Verschämtheit und beschloß auf-

zustehen. Er stieß die Decke weg und streckte die nackten Füße aus dem Bett. »Laßt ihn nicht weglaufen!« kreischte Frau Schlemihl. »Er würde verschwinden, und ich steh ohne einen Schlemihl da.«

»Bringen wir ihn zu den Ältesten«, sagte Baruch der Bäcker. »Sie werden wissen, was man tun soll.«

»Das ist gut. Bringen wir ihn zu den Ältesten«, stimmten die anderen zu.

Obwohl Schlemihl behauptete, daß die Ältesten im ersten Chelm noch niemals Einfluß auf ihn gehabt hätten, halfen ihm ein paar junge Burschen in die Hose, die Stiefel, den Mantel und die Mütze und begleiteten ihn zum Haus von Gronam Ochs. Die Ältesten, die von der ganzen Sache gehört hatten, waren schon seit dem frühen Morgen versammelt, um die Angelegenheit zu bedenken.

Als die Menge hereinkam, sagte Lekisch Dämlich gerade: »Vielleicht gibt es ja wirklich zwei Chelm.«

»Wenn es zwei gibt, warum nicht auch drei, vier, fünf oder sogar hundert Chelm?« unterbrach ihn Sender Simpel.

»Und wenn es hundert Chelm wären, müßte es dann in jedem Chelm unbedingt einen Schlemihl geben?« meinte Schmendrick Knallkopf.

Gronam Ochs, der Allerälteste, hörte sich die Rederei an, aber er war noch nicht soweit, seine Meinung zu sagen. Jedenfalls zeigte seine zerfurchte Stirn, daß er in tiefen Gedanken war. Er war es auch, der Schlemihl dann ausfragte. Schlemihl berichtete alles, was geschehen war. Und als er ausgeredet hatte, fragte ihn Gronam: »Erkennst du mich?«

»Ja, freilich. Ihr seid der gescheite Gronam.«

»Und in deinem Chelm, gibt's da auch einen Gronam?«

»Ja, da gibt's auch einen Gronam, und der schaut geradeso aus wie Ihr.«

»Wär's denn nicht möglich, daß du dich umgedreht hast und zurück nach Chelm gelaufen bist?« wollte Gronam wissen.

»Warum sollte ich mich umdrehen? Bin ich vielleicht eine Windmühle?« antwortete Schlemihl.

»In diesem Falle bist du nicht der Mann dieser Frau Schlemihl.«

»Nein, das bin ich nicht.«

»Dann muß Frau Schlemihls Mann, der wirkliche Schlemihl, an dem Tag weggegangen sein, an dem du gekommen bist.«

»Schaut so aus, ja.«

»Dann wird er wahrscheinlich zurückkommen.«

»Wahrscheinlich.«

»In dem Fall mußt du warten, bis er zurückkommt. Dann werden wir wissen, wer er ist.«

»Verehrte Herren, mein Schlemihl ist zurückgekommen«, kreischte Frau Schlemihl. »Zwei Schlemihle brauche ich nicht. Einer ist mehr als genug.«

»Wer immer er ist, er kann nicht in deinem Haus wohnen, solange nicht alles klar ist«, beharrte Gronam.

»Wo soll ich wohnen?« fragte Schlemihl.

»Im Armenhaus.«

»Was soll ich im Armenhaus machen?«

»Was machst du zu Hause?«

»Gott der Gerechte, wer wird meine Kinder hüten, wenn ich auf den Markt gehe?« jammerte Frau Schlemihl. »Außerdem, ich will einen Mann haben. Sogar ein Schlemihl ist besser als gar kein Mann.«

»Sind wir schuld daran, daß dir der Mann fortgelaufen und nach Warschau gegangen ist?« fragte Gronam. »Warte, bis er wiederkommt.«

Frau Schlemihl weinte bitterlich, und die Kinder heulten auch. Schlemihl sagte: »Äußerst merkwürdig. Meine Frau hat immer mit mir geschimpft, und meine Kinder haben immer das letzte Wort gehabt. Und hier wollen eine wildfremde Frau und wildfremde Kinder sogar freiwillig mit mir leben. Mir scheint, im zweiten Chelm ist es wirklich besser als im ersten.«

»Halt! Ich glaube, mir kommt ein Gedanke«, unterbrach ihn Gronam.

»Was für ein Gedanke?« fragte Zeinwel Trottel.

»Wir haben beschlossen, den Schlemihl in das Armenhaus zu schicken. Die Stadt muß also jemanden finden, der Frau Schlemihls Kinder hütet, damit sie auf den Markt gehen kann. Warum nehmen wir nicht Schlemihl? Es stimmt schon, er ist nicht ihr Mann und nicht der Vater ihrer Kinder. Aber er ist dem wirklichen Schlemihl so ähnlich, da werden sich die Kinder schon wohl fühlen bei ihm.«

»Prächtiger Gedanke!« schrie Feiwel Blödel.

»Nur König Salomo hätte sich so eine weise Lösung ausdenken können«, meinte Treitel Tor.

»So einen klugen Weg aus diesem Schlamassel kann man sich nur in unserem Chelm ausdenken«, rief Schmendrick Knallkopf.

»Wieviel verlangst du dafür , daß du Frau Schlemihls Kinder hütest?« fragte Gronam.

Einen Augenblick stand Schlemihl ganz verwirrt da, dann sagte er: »Drei Groschen am Tag.«

»Idiot, Trottel, Esel!« schrie Frau Schlemihl. »Was sind drei Groschen heutzutage schon wert? Du solltest es nicht unter sechs am Tag tun.« Sie zwickte ihn dabei in den Arm.

Schlemihl zuckte zusammen und rief: »Sie zwickt wie meine Frau!«

Die Ältesten steckten die Köpfe zusammen und hielten Rat.

Schließlich verkündete Gronam: »Drei Groschen am Tag mögen zuwenig sein, aber sechs Groschen sind auf jeden Fall zuviel, vor allem für einen Fremden. Aber wir sind ja gar nicht so, wir zahlen dir fünf Groschen am Tag. Schlemihl, bist du einverstanden?«

»Ja, aber wie lange muß ich die Kinder hüten?«

»Bis der wirkliche Schlemihl nach Hause kommt.«

Gronams Entscheidung war bald in ganz Chelm bekannt, und man bewunderte seine und des Ältestenrates große Weisheit.

Zuerst versuchte Schlemihl, das Geld, das ihm die Gemeinde zahlte, für sich zu behalten. »Wenn ich nicht Euer Mann bin, muß ich Euch auch nicht unterstützen«, sagte er zu Frau Schlemihl.

»Ja, wenn das so ist, dann bin ich auch nicht deine Frau, und ich muß nicht für dich kochen, deine Strümpfe stopfen und deine Kleider flikken.«

So gab ihr Schlemihl natürlich das Geld. Das war das erstemal, daß Frau Schlemihl Geld für den Haushalt von Schlemihl bekam.

Wenn sie guter Stimmung war, sagte sie manchmal zu ihm: »Was für ein Jammer, daß du nicht schon vor zehn Jahren nach Warschau gehen wolltest.«

»Sehnt Ihr Euch denn nie nach Eurem Mann?« fragte Schlemihl.

»Und du, hast du nie Sehnsucht nach deiner Frau?« fragte Frau Schlemihl dann zurück.

Und beide gaben zu, daß sie mit der ganzen Angelegenheit, so wie sie nun einmal war, recht zufrieden waren.

Jahre vergingen, aber es kam kein zweiter

Schlemihl nach Chelm. Die Ältesten hatten viele Erklärungen dafür. Zeinwel Trottel glaubte, daß Schlemihl über die Schwarzen Berge gegangen und dort von den Menschenfressern aufgefressen worden sei. Lekisch Dämlich meinte, Schlemihl sei höchstwahrscheinlich zu Asmodis Schloß gekommen, und man habe ihn dort gezwungen, eine Dämonenprinzessin zu heiraten. Schmendrick Knallkopf kam darauf, daß Schlemihl bis zum Rand der Welt gegangen und dann hinuntergefallen sei. Es gab noch viele andere Meinungen. Zum Beispiel vermuteten einige, Schlemihl habe das Gedächtnis verloren und habe schlicht vergessen, daß er Schlemihl sei. So etwas kann schon vorkommen.

Gronam wollte den anderen seine Meinung nicht aufdrängen. Er war jedenfalls davon überzeugt, daß Schlemihl in das andere Chelm gegangen und daß dort mit ihm genau das gleiche geschehen sei wie mit dem Schlemihl hier in diesem Chelm. Die Gemeinde habe ihn für fünf Groschen am Tag angestellt, die Kinder der anderen Frau Schlemihl zu hüten.

Schlemihl selbst wußte überhaupt nicht mehr, was er denken sollte. Die Kinder wurden größer und konnten bald für sich selber sorgen. Manchmal saß Schlemihl da und grübelte.

Wo ist der andere Schlemihl? Wann wird er nach Hause kommen? Was macht meine wirk-

liche Frau? Wartet sie auf mich oder hat sie sich einen anderen Schlemihl genommen? Das alles waren Fragen, die er nicht beantworten konnte.

Ab und zu verspürte Schlemihl wieder die alte Reiselust, aber er brachte es nicht fertig, sich auf den Weg zu machen. Was nützt einem schon eine Reise, wenn sie nirgendwohin führt? Wenn er dann so dasaß und über diese seltsame Welt nachdachte, wurde er immer verwirrter und brummte vor sich hin:

»Gehst du weg von Chelm,
Kommst du zurück nach Chelm.
Bleibst du in Chelm,
Bist du sicherlich in Chelm.
Alle Wege führen nach Chelm.
Die ganze Welt ist ein riesiges Chelm.«

Wo die Reichen ewig leben

Die Geschichte trug sich zu in Chelm, einer Stadt voller Narren. Wo sonst hätte sie auch passieren können? An einem Wintermorgen saßen im Gemeindehaus Gronam Ochs, der klügste Mann von Chelm, und seine fünf Weisen, Lekisch Dämlich, Zeinwel Trottel, Treitel Tor, Sender Simpel und Schmendrick Knallkopf, zusammen an einem langen Tisch. Alle sechs sahen müde aus und hatten rote Augen, weil ihnen der Schlaf fehlte. Sieben Tage und sieben Nächte hatten sie über ein Problem nachgedacht, das sie nicht lösen konnten. Das Geldsäckel der Stadt Chelm war leer. Seit Wochen hatten Gronam Ochs und seine Weisen keine Gehälter mehr bekommen.

Obwohl nicht Chanukka war, saß Schlemihl, der Gemeindediener, am anderen Ende des Tisches und spielte Dredl mit sich selbst. Plötzlich ging die Tür auf, und herein kam Zalman Typpisch, der reichste Mann von Chelm. Als sie Zalman Typpisch erblickten, sahen Gronam und die Weisen verwundert auf. Denn Zalman Typpisch besuchte sonst nie das Gemeindehaus, weil man ihm hohe Steuern auferlegt hatte.

»Guten Morgen, Gronam Ochs. Guten Morgen, ihr Weisen«, begrüßte Zalman Typpisch sie feierlich.

»Auch dir einen guten Morgen, Zalman Typpisch«, antworteten sie im Chor. »Wie kommt es, daß du uns so früh am Morgen besuchst?«

»Ich bin gekommen, um euch um Rat zu fragen. Wenn er gut ist, werde ich zweitausend Goldstücke in die Stadtkasse zahlen.«

»Was für einen Rat möchtest du denn?« fragte Gronam Ochs.

»Ihr alle wißt, daß ich gerade achtzig geworden bin. Ihr wißt auch, daß kein Mensch ewig lebt. Aber ich, Zalman Typpisch, möchte ewig leben. Ich möchte ewig Plinsen mit Sauerrahm essen, Tee mit Marmelade und Kaffee mit Zichorie trinken und ewig meine lange Pfeife rauchen. Kurz und gut, ich möchte ewig leben.«

»Ewig leben!« riefen Gronam Ochs und seine fünf Weisen. »Wie ist denn das möglich?«

»Das ist der Grund, warum ich zu euch gekommen bin«, sagte Zalman. »Wenn ihr mir sagen könnt, wie man ewig lebt, sollt ihr bekommen, was ich gerade versprochen habe.« Bei diesen Worten zog Zalman Typpisch einen Beutel mit Goldmünzen aus der Tasche und ließ sie auf den Tisch regnen.

Als Gronam und seine Weisen den Haufen Geld sahen, erhob sich ein Gemurmel. Zalman Typpisch war als Geizhals bekannt. Sofort legte Gronam Ochs seinen Zeigefinger an die Stirn, um scharf nachzudenken. Die anderen Weisen taten das gleiche. Nachdem er lange nachgedacht hatte, sagte Gronam Ochs: »Du weißt recht gut, daß Chelm die weiseste Stadt der Welt ist und daß ich, Gronam Ochs, der weiseste Mann in Chelm bin, was bedeutet, daß ich der weiseste Mann auf Erden bin. Und trotzdem kann ich dir den Rat, den du wünschst, nicht geben. Kein Mensch kann ewig leben. Selbst ich, Gronam Ochs, werde nicht ewig leben.«

»Nicht einmal Methusalem hat ewig gelebt«, mischte sich Lekisch Dämlich ein.

»Selbst König Salomo hat nicht ewig gelebt«, fügte Zeinwel Trottel hinzu.

»Nicht einmal unser Rabbi wird ewig leben«, ließ sich Treitel Tor vernehmen.

»Selbst ein Löwe lebt nicht ewig«, bemerkte Sender Simpel.

»Nicht einmal ein Elefant lebt ewig«, meinte Schmendrick Knallkopf.

»All dies ist wahr, aber ich, Zalman Typpisch, habe beschlossen, daß ich ewig leben muß. Und wenn ihr mir keinen Rat geben könnt, wie ich es anstellen soll, dann bekommt ihr keinen roten Heller.«

Gronam Ochs wollte gerade sagen, daß es ihm leid täte, aber in diesem Augenblick streckte

Schlemihl, der Gemeindediener, die Zunge heraus und legte seinen Daumen an die Nasenspitze, zum Zeichen, daß er reden wollte.

»Was möchtest du sagen, Schlemihl?« fragte Gronam Ochs.

»Ich habe einen Weg gefunden«, sagte Schlemihl.

»Du hast einen Weg gefunden?« fragte Gronam Ochs verwundert.

»Ja, Herr. Die Sache ist so. Letzte Woche hatte ich den ganzen Tag lang nichts zu tun und machte mich daran, die Berichte über die Vororte von Chelm durchzusehen. Unter anderem warf ich einen Blick auf die Aufzeichnungen über unseren Vorort Dalfunka.«

»Dalfunka, wo die Armen und die Bettler von Chelm wohnen?« fragte Gronam Ochs.

»Ja, Dalfunka«, sagte Schlemihl. »Wie ihr wißt, stehen in unseren Büchern die Namen aller, die in den letzten dreihundert Jahren geboren wurden und starben. Als ich die Liste all derer durchging, die in Dalfunka gestorben sind, fiel mir auf, daß dort noch nie ein reicher Mann gestorben ist. Das aber heißt, daß die Reichen in Dalfunka ewig leben. Aus diesem Grund würde ich Zalman Typpisch den Rat geben, ein Haus in Dalfunka zu kaufen, sich dort niederzulassen und nie zu sterben. So einfach ist das.«

Gronam Ochs starrte ihn mit offenem Mund

an. »Schlemihl, da hast du den richtigen Rat erteilt. Aber wie ist das möglich? Bist du am Ende klüger als ich?«

»Niemand ist klüger als du, Gronam Ochs«, tönten die fünf Weisen im Chor.

»Ich kann es mir nur so erklären, daß, nachdem du so viele Jahre in unserer Nähe gesessen hast, sich ein Teil unserer Weisheit über dich ergossen hat«, sagte Gronam Ochs.

»Wie wahr«, pflichteten die fünf Weisen ihm bei.

Lekisch Dämlich fügte hinzu: »Selbst ein Pferd würde klug werden, wenn es so lang mit uns zusammen wäre.«

»Zalman, du hast einen guten Rat bekommen. Jetzt gib uns die zweitausend Goldstücke«, schlug Gronam Ochs vor.

»Bevor ich euch so viel Geld gebe, muß ich sicher sein, daß der Ratschlag richtig ist«, antwortete Zalman Typpisch. »Ich will euch jetzt eine Vorauszahlung von zehn Goldstücken geben, und wenn ich nach Dalfunka gezogen bin und ewig gelebt habe, werde ich den Rest bezahlen.«

»So lange können wir nicht warten«, protestierte Gronam Ochs. »Wir brauchen die Goldstücke sofort.«

Aber Zalman Typpisch blieb hart. »Entweder ihr nehmt die zehn Goldstücke oder ihr bekommt gar nichts.«

Gronam Ochs und seine Weisen versuchten, ziemlich lange, mit Zalman Typpisch zu feilschen, aber wie immer trug Zalman Typpisch den Sieg davon. Er gab Gronam Ochs zehn Goldstücke und ging.

Fünf Jahre lang lebte Zalman Typpisch in Dalfunka, aß Plinsen mit Sauerrahm, trank Tee mit Marmelade und Kaffee mit Zichorie, rauchte seine lange Pfeife und starb nicht. Oft verlangte Gronam Ochs die restlichen Goldstücke, aber Zalman Typpisch gab immer dieselbe Antwort: »Laß mich erst ewig leben, und dann will ich zahlen.« Es schien, daß Zalman Typpisch gut daran tat, nicht im voraus zu bezahlen, denn nach sechs Jahren wurde er eines Tages krank und starb. Als Gronam Ochs die schlechte Nachricht erfuhr, rief er sofort nach seinen Weisen, und sie überlegten sieben Tage und sieben Nächte, warum Zalman Typpisch gestorben war. Wieder war es Schle-

mihl, der eine Erklärung fand. Fünf Jahre lang hatte Zalman keine Geschäfte mehr gemacht, weil er in Dalfunka kein Geld verdienen konnte. Statt dessen hatte er ein Vermögen für Luxusware wie Sauerrahm, Kaffee, Tabak und Zichorie ausgegeben. Höchstwahrscheinlich wurde er arm, und so starb er, wie alle anderen armen Menschen auch. »Um in Dalfunka ewig zu leben, muß man so reich sein wie Rothschild«, meinte Schlemihl.

Wieder bewunderten Gronam Ochs und seine fünf Weisen Schlemihls scharfen Verstand. Umgehend schickte Gronam Ochs Briefe an die Rothschilds los, in denen er sie einlud, auf dem schnellsten Weg nach Dalfunka zu kommen und ewig zu leben. Aber Monate vergingen, ohne daß die Rothschilds kamen. Dieses Mal entdeckte Gronam Ochs den Grund dafür selbst. Er sagte: »Die Reichen sind so knickrig, daß sie lieber billig in London, Paris oder Wien sterben als zu einem höheren Preis in Dalfunka ewig zu leben.«

»Und was sollen wir jetzt tun?« fragten die Weisen.

»Wir müssen selbst reich werden.«

»Aber wie?« fragten die Weisen.

»Natürlich indem wir den Armen von Chelm Steuern auferlegen«, antwortete Gronam Ochs.

Schlemihl machte das übliche Zeichen. Er wollte sagen, daß nach seinen letzten Berechnungen selbst die Rothschilds nicht reich genug seien, um in Dalfunka ewig zu leben, aber Gronam Ochs meinte: »Schlemihl, die Sache ist sonnenklar. Wir brauchen deinen Rat nicht mehr. Halt den Mund.«

»Schweig!«, befahl ihm Lekisch Dämlich.

»Du bist nur ein Gemeindediener, kein Weiser«, schrie Zeinwel Trottel ihn an.

»Nicht einmal ein halber Weiser«, empörte sich Treitel Tor.

»Und du wirst niemals ewig leben«, brüllte Sender Simpel.

»Nicht einmal halb ewig«, kreischte Schmendrick Knallkopf.

Nachdem man ihm verboten hatte zu reden und er nichts anderes zu tun hatte, nahm Schlemihl sein Dredl und begann zu spielen. Während das Dredl herumwirbelte, murmelte Schlemihl verdrießlich: »Wenn es nach rechts fällt, verliere ich, und wenn es nach links fällt, gewinnen die anderen.«

Eine Geschichte zum Schluß von fliegenden Kühen und silbernen Eiern

Todie der Gerissene und Leiser der Knicker

In einem Dorf irgendwo in der Ukraine, da lebte ein armer Mann namens Todie. Todie hatte eine Frau, Scheindel, und sieben Kinder. Aber er verdiente nie genug, um sie anständig zu ernähren. Er versuchte sich in manchem Handel, doch nichts wollte ihm gelingen. Im Dorf sagten sie sogar über Todie: Sollte es ihm jemals einfallen, mit Kerzen zu handeln, dann geht die Sonne bestimmt nie mehr unter. Man nannte ihn Todie den Gerissenen, denn wenn er schon einmal zu Geld kam, dann nur durch eine Gaunerei.

Dieser Winter war besonders streng. Immer mehr Schnee fiel, und Todie hatte nicht genug Geld, um Brennholz zu kaufen. Den ganzen Tag blieben seine sieben Kinder im Bett; da hatten sie es wenigstens warm. Wenn draußen Frost klirrt, spürt man den Hunger um so heftiger.

Aber Scheindels Speisekammer war leer. Jammernd machte sie Todie bittere Vorwürfe: »Wenn du deine Frau und deine Kinder nicht ernähren kannst, dann geh ich zum Rabbi und laß mich scheiden.«

»Na, und was machst du dann mit der Scheidung? Sie vielleicht aufessen?« erwiderte Todie.

Im selben Dorf lebte ein reicher Mann namens Leiser. Weil er so geizig war, hieß er Leiser der Knicker. Seiner Frau erlaubte er nur alle vier Wochen einmal, Brot zu backen, weil er herausgefunden hatte, daß frisches Brot schneller aufgegessen wird als altbackenes.

Mehr als einmal war Todie zu Leiser gegangen, um sich ein paar Gulden zu leihen, aber jedesmal hatte Leiser geantwortet: »Wenn das Geld in meinem Geldschrank liegt, kann ich besser schlafen, als wenn du es in der Tasche hast.«

Leiser besaß eine Geiß, aber er fütterte sie nie. So hatte die Geiß gelernt, zu den Nachbarn zu gehen. Denen tat die Geiß leid, und sie gaben ihr Kartoffelschalen. Manchmal, wenn es nicht genug Schalen gab, knabberte sie an den Strohdächern. Baumrinde mochte sie auch ganz gern. Und trotz alledem warf die Geiß jedes Jahr ein Zicklein.

Leiser molk zwar die Geiß, aber habgierig wie er war, trank er die Milch nicht selber, sondern verkaufte sie.

Todie wollte sich an Leiser rächen. Und bei der Gelegenheit sollte auch noch ein bißchen Geld für ihn herausspringen.

Eines Tages, Leiser saß auf einer Kiste und schlürfte Gemüsesuppe und aß trockenes Brot dazu – seine Stühle benützte er nur an Feiertagen, um die Polster zu schonen –, da ging die Tür auf, und Todie kam herein.

»Reb Leiser«, sagte er, »ich möchte Euch um eine Gefälligkeit bitten. Meine älteste Tochter Basche ist schon fünfzehn, und sie will sich verloben. Es wird ein junger Mann aus Janow kommen und sie sich anschauen. Mein Besteck ist aus Blech, und meine Frau schämt sich, den jungen Mann die Suppe mit einem Blechlöffel essen zu lassen. Könntet ihr mir nicht einen Eurer Silberlöffel leihen? Heiliges Ehrenwort, ich bring ihn morgen wieder.«

Leiser wußte, daß Todie es niemals wagen würde, einen heiligen Eid zu brechen, also lieh er ihm den Löffel.

Kein junger Mann kam an diesem Abend, um sich Basche anzusehen. Wie gewöhnlich lief das Mädchen barfuß und in Lumpen herum.

Und der Silberlöffel steckte unter Todies Hemd. Kurz nach der Hochzeit hatte Todie noch selber ein Silberbesteck gehabt. Das war jedoch längst verkauft, außer drei silbernen Teelöffeln, die nur am Pessachfest benützt wurden.

Am nächsten Tag kam Todie wieder. Leiser saß barfuß – um seine Schuhe zu schonen – auf einer Kiste und aß Gemüsesuppe mit Trockenbrot.

»Hier ist der Löffel, den ich mir gestern geliehen habe«, sagte Todie und legte einen seiner eigenen Löffel dazu.

»Und was ist mit dem Teelöffel?« fragte Leiser.

Todie sagte: »Euer Eßlöffel hat einen Teelöffel geboren. Er ist sein Kind. Na, bitte schön, weil ich ein ehrlicher Mann bin, bring ich Euch die Mutter und das Kind zurück.«

Voller Erstaunen glotzte Leiser Todie an. Er hatte nie davon gehört, daß einem Silberlöffel ein Kind geboren wurde. Jedenfalls siegte die Habgier über seine Zweifel, und glücklich nahm er die beiden Löffel. Welch unerwartetes Glück! Daß er Todie den Löffel geliehen hatte, freute ihn gewaltig.

Ein paar Tage später, Leiser saß ohne Mantel – um ihn zu schonen – auf einer Kiste und aß Gemüsesuppe mit Trockenbrot, da ging die Tür auf, und Todie kam herein.

»Der junge Mann aus Janow hat Basche nicht gefallen, weil er Schlappohren hat. Doch heute abend kommt ein anderer junger Mann. Scheindel kocht Suppe für ihn, aber sie schämt sich wegen der Blechlöffel. Könntet Ihr mir nicht ...?«

Ehe Todie den Satz beenden konnte, unterbrach in Leiser: »Du willst dir einen Silberlöffel leihen? Bitte sehr, mit Vergnügen.«

Am andern Tag kam Todie mit dem Löffel wieder und mit einem seiner eigenen silbernen Teelöffel. Wieder erklärte Todie, der große Löffel habe über Nacht einen kleinen geboren, und gewissenhaft wie er sei, bringe er die Mutter mit dem neugeborenen Kind zurück. Den jungen Mann habe Basche auch nicht gemocht, weil seine Nase so lang gewesen sei, daß sie ihm bis zum Kinn reichte.

Leiser war natürlich überglücklich.

Das gleiche geschah noch ein drittes Mal. Todie erzählte, dieses Mal habe seine Tochter den Freier abgelehnt, weil er stottere. Er berichtete auch, daß Leisers Löffel wieder einen kleinen Löffel geboren habe.

»Kommt es vor, daß ein Löffel Zwillinge bekommt?« wollte Leiser wissen.

Todie überlegte kurz. »Na, warum nicht? Ich habe von einem Fall gehört, da waren es Drillinge.«

Fast eine Woche war vergangen, und Todie hatte Leiser nicht besucht. Aber eines Freitagmorgens, Leiser saß in Unterhosen da – um seine lange Hose zu schonen – und aß Kohlsuppe und trockenes Brot, da kam Todie herein und sagte: »Ich wünsche Euch einen guten Tag, Reb Leiser.«

»Einen guten Tag, sollst noch viele gute Tage haben«, antwortete Leiser so freundlich er nur konnte. »Welches gütige Geschick führt dich zu mir? Kommst du vielleicht, um dir einen Silberlöffel zu leihen? Wenn dem so ist, dann bediene dich nur.«

»Eine ganz besondere Gunst bitte ich mir aus. Heute abend kommt ein junger Mann aus der großen Stadt Lublin und will Basche sehen. Er ist reicher Leute Sohn. Man hat mir gesagt, daß er gescheit ist und auch hübsch. Ich brauch nicht nur einen Silberlöffel. Er bleibt den Sabbat über bei uns, und da möchte ich zwei silberne Kerzenleuchter haben. Meine sind aus Messing, und meine Frau schämt sich, sie auf den Sabbat-Tisch zu stellen. Würdet Ihr mir Eure Kerzenleuchter leihen? Gleich nach dem Sabbat will ich sie Euch zurückbringen.«

Silberne Kerzenleuchter sind wertvoll, und Leiser zögerte – aber nur einen Augenblick.

Er dachte an das gute Geschäft mit den Löffeln

und sagte: »Ich habe acht silberne Kerzenleuchter im Haus. Nimm sie nur. Ich weiß, du wirst sie mir zurückbringen. Und wenn es geschehen sollte, daß jeder ein Kind bekommt, so wirst du sicherlich so ehrlich sein wie früher.«

»Ja, natürlich«, sagte Todie. »Hoffen wir das beste.«

Den Silberlöffel steckte Todie wie gewöhnlich unters Hemd. Die Kerzenleuchter aber verkaufte er einem Händler für eine beträchtliche Summe. Das Geld brachte er Scheindel. Als Scheindel soviel Geld sah, wollte sie wissen, woher er den Schatz habe.

»Als ich aus dem Haus ging, flog eine Kuh über unser Dach und ließ ein Dutzend silberne Eier fallen«, antwortete Todie. »Die Eier hab ich verkauft, und hier ist das Geld.«

»Eine Kuh soll übers Dach fliegen und silberne Eier legen? Das hör ich zum ersten Mal«, zweifelte Scheindel.

»Es gibt immer ein erstes Mal«, antwortete Todie. »Wenn du das Geld nicht willst, so gib's nur wieder her.«

»Von Hergben kann gar keine Rede sein«, sagte Scheindel.

Sie wußte nur zu gut, wie verschlagen und gerissen ihr Mann war – aber wenn die Kinder Hunger haben und die Speisekammer leer ist, dann fragt man am besten nicht soviel. Scheindel ging auf den Markt und kaufte Fleisch, Fisch und Mehl und sogar Nüsse und Rosinen für einen Pudding. Und weil noch viel Geld übrigblieb, kaufte sie auch noch Schuhe und Kleider für die Kinder.

Das war ein fröhlicher Sabbat in Todies Haus. Die Jungen sangen, und die Mädchen tanzten. Als die Kinder ihren Vater fragten, woher er das Geld habe, antwortete er: »Am Sabbat spricht man nicht von Geld.«

Am Sonntag, Leiser saß barfuß und halbnackt – um seine Kleider zu schonen – auf einer Kiste und spülte einen Rest trockenes Brot mit Kohlsuppe hinunter, da kam Todie, gab ihm seinen Silberlöffel zurück und sagte: »Wirklich schade! Diesmal hat der Löffel kein Kind geboren.«

»Und was ist mit den Kerzenleuchtern?« fragte Leiser besorgt.

Todie seufzte tief. »Die Kerzenleuchter sind gestorben.«

Leiser sprang so heftig von der Kiste auf, daß der Suppenteller umkippte. »Du Narr! Wir können Kerzenleuchter sterben?« schrie er.

»Wenn Löffel Kinder kriegen können, dann können Kerzenleuchter auch sterben.«

Leiser erhob ein großes Geschrei und Gezeter und ließ Todie zum Rabbi rufen. Nachdem der Rabbi sich beide Seiten der Geschichte angehört hatte, brach er in schallendes Gelächter aus. »Das geschieht dir recht«, sagte er zu Leiser. »Wenn es dir nicht gepaßt hätte, daran zu glauben, daß Löffel Kinder kriegen können, dann wärst du jetzt nicht gezwungen, zu glauben, daß deine Kerzenleuchter gestorben sind.«

»Aber das ist doch alles Unsinn!« schrie Leiser.

»Hast du etwa nicht erwartet, daß sich die Kerzenleuchter vermehren würden?« belehrte ihn der Rabbi. »Ist dir Unsinn recht, wenn er dir nützt, so muß dir Unsinn auch recht sein, wenn er dir schadet.« Damit war der Fall erledigt.

Am nächsten Tag sagte Leiser der Knicker, als ihm seine Frau Gemüsesuppe und Trockenbrot brachte: »Ich will nur trockenes Brot essen. Gemüsesuppe ist zu teuer, auch ohne Sauerrahm.«

Die Geschichte von den Silberlöffeln, die Kinder bekamen, und von den Kerzenleuchtern, die gestorben waren, machte schnell die Runde im Städtchen. Jedermann freute sich über Todies Sieg und über Leiser des Knickers Niederlage. Die Schuster- und Schneiderjungen hatten schnell ein Liedchen darauf gemacht. Das war so üblich, wenn sich etwas Wichtiges zugetragen hatte.

Leiser, du Knicker, gräm dich nicht mehr!
Deine Leuchter sind tot – nimm's nicht so
schwer.

Du bist der reichste Mann der Welt,
der von Silberlöffeln Nachwuchs erhält
und silberne Eier zum Beweis dafür kriegt,
daß bei ihm eine Kuh übers Hausdach fliegt.
Hör auf, dich von trockenem Brot zu ernähren,
bald wird man dir silberne Enkel bescheren.

Aber die Zeit verging, und Leisers Silberlöffel bekamen keinen Nachwuchs mehr.

Verzeichnis der jüdischen Wörter und Begriffe

Asmodäus oder Asmodi In der jüdischen Literatur der König der Dämonen.

Chale Geflochtenes Weißbrot für den Sabbat und die Feiertage.

Chanukka Achttägiges Lichterfest, gefeiert zur Erinnerung an die Wiedereinweihung (165 v. Chr.) des Tempels in Jerusalem, der von den Griechen entweiht worden war. Zu den alten Bräuchen anläßlich des Chanukkafestes gehört das Dredlspiel (siehe *Dredl*), für das die Kinder Chanukkageld bekommen.

Chassidim (Einzahl: Chassid) Das Wort bedeutet »Fromme«. So werden die Anhänger des Chassidismus genannt, einer jüdisch-religiösen Bewegung, die seit dem Jahr 1740 in Osteuropa weite Verbreitung fand. Die Chassidim betonen das Gefühl in der Religion.

Cheder Traditionelle Grundschule der osteuropäischen Juden. Für Knaben vom 4. bis zum 13. Lebensjahr. Bibel- und Talmudunterricht. In vielen Gemeinden fand der Unterricht im Hause des Lehrers statt.

Dredl Kleiner Kreisel aus Holz oder Blech in Form eines Würfels, der an vier Seiten anstelle der Augen hebräische Buchstaben hat. Das Dredlspiel wird nach alter Tradition am Chanukkafest gespielt, wenn die Chanukkalichter brennen.

Jeschiwa Hochschule für das Studium des *Talmud*.

Kabbala Zunächst Bezeichnung für die religiöse Überlieferung überhaupt, dann speziell für die Lehre und die Schriften der mittelalterlichen jüdischen Mystik ab ca. 1200. Die Kabbala befaßt sich unter anderem mit der geheimen Bedeutung der verschiedenen Gottesnamen.

Laubhüttenfest Das achttägige jüdische Erntedankfest, später auch gefeiert zur Erinnerung an die Wüstenwanderung der Kinder Israel nach dem Auszug aus Ägypten.

Machpela Die Höhle von Machpela liegt bei Hebron und gilt als die Begräbnisstätte Abrahams und seiner Familie.

Pentateuch Die fünf Bücher Mose, in die das Gesetz Mose *(Tora)* seit dem 2. Jahrhundert n. Chr. eingeteilt ist.

Pessach Das am ersten Vollmond im Frühling gefeierte achttägige Fest, das zur Erinnerung an den Auszug der Kinder Israel aus Ägypten begangen wird. Während dieses Festes darf nur Ungesäuertes gegessen werden.

Plinse Gebäck aus Kartoffel- oder Eierteig.

Rabbi Bedeutet »mein Lehrer«, »mein Meister«. Anrede und Amtsbezeichnung, Ehrentitel des jüdischen Schriftgelehrten, des bestallten Rabbiners, zuweilen auch des Religionslehrers.

Rabbiner Amtsbezeichnung des von der jüdischen Gemeinde bestallten Geistlichen.

Sabbat Der siebte Tag der Woche (Samstag), ein Ruhetag mit sehr strengen Verhaltensvorschriften, der an Gottes Schöpfungswerk erinnern soll. Der Sabbat beginnt wie alle jüdischen Feste bereits am Vorabend, an dem in den

Wohnungen und Synagogen die Sabbatlichter angezündet werden.

Schawuot siehe *Wochenfest.*

Schlemihl Jiddisches Wort für »Pechvogel«. Liebevolle Bezeichnung für einen unbeholfenen, vom Mißgeschick verfolgten Menschen.

Talmud Nächst der Bibel das Hauptwerk des Judentums. Eine Zusammenfassung der Lehren, Vorschriften und Überlieferungen aus nachbiblischen Jahrhunderten (begonnen im 6. Jahrhundert v. Chr., abgeschlossen im 5. Jahrhundert n. Chr.) Der *Talmud* gilt als Grundlage jüdischer Erziehung und Bildung.

Traubaldachin Bei jüdischen Hochzeiten werden Braut und Bräutigam unter einem Baldachin zusammengeführt.

Wochenfest Ein Ernte- und Wallfahrtsfest, das ungefähr zur gleichen Zeit wie das christliche Pfingstfest gefeiert wird.

Gertrud Baruch